불영이 띄우는 마음편지

불영이 띄우는 마음편지

심전일운 지음

담앤북스

불영사에서 주석한 지 벌써 30성상을 지나고, 그리고 또다시 봄을 맞이하게 되었습니다. 지금 제가 거처하는 청향헌 앞뜰에는 청매화와 홍매화가 엄동설한의 인고를 이겨 내고 꽃을 피워 봄이 이미 왔음을 알리고 있습니다. 우리 모두의 인생 시작은 바로 지금 이 순간 안에 있습니다. 인생의 중간도 인생의 마지막도 또한 지금 이 순간 안에 있음을 잊어서는 안될 것입니다. 왜냐하면 지금 이 순간이 없는 자신의 삶은 존재하지 않기 때문입니다. 오늘 지금 이 순간 내가 행복한 마음을 내면 바로 행복해지고 내가 웃으면 세상도 따라서 웃게 되는 것이 진리입니다.

저 심전일운은 이 시대 함께 살아가고 있는 인연 있는 사람들의 진정한 행복과 이익을 위하여, 그리고 자유로운 삶과 안락한 삶을 위하여 현재까지 12년째 매일 아침 3389회의 마음편지를 띄우고 있습니다. 많은 사랑과 관심을 보내 주신 만일결사회원 여러분과 전국에 계신 불영사 신도 여러분들, 그리고 이 시대 저와 함께하고 있는 인연 있는 수많은 분들께 깊은 고마움과 깊은 공경의 마음을 전하고 싶습니다.

현상세계는 매 순간 변하고 사라지기를 반복하기 때문에 그 어떠한 것도 영원하거나 진실하지 않습니다. 오늘 지금 이 순간 바르게 집중하지 않으면 안 되는 절실한 이유이기도 합니다. 저에게 한 가지 원이 있다면, 매일 아침 보내 드리는 마음편지로 여러분들이 하루하루 매 순간을 더욱 힘차고 행복하게 살아갔으면 하는 바람입니다.

이번 『불영이 띄우는 마음편지』 출간을 할 수 있도록 기획과 편집을 맡아 주신 담앤북스 대표 오세룡 님과 관계자 여러분들께 깊은 감사의 마음을 전합니다. 그리고 이 지구촌에서 함께하는 모든 사람들이 마음에 평화를 얻고 행복하고 자유로운 삶을 살아가기를 부처님 전에 축원 올리며 발원합니다.

산은 늘 푸르고 물은 늘 흐른다.

천년고찰 천축산 불영사 청향헌에서 봄 산철 안거 중에
불영사 주지 심전일운 합장

2부　여름숲 나날이 깊어 가고 정진 또한 깊어 가는데

3부 꽃이 진 자리마다 열매가 익어 가고

4부 진여 마음 성성하여 걸림이 없네

5부 이만하면 족하지 무슨 근심 걱정 또 있으랴

1부

봄은 언제나

내 안에 있는 것을

입춘

한가롭고 청정한 겨울 산사에
목탁새 찾아와 도량을 깨우고
세월은 물 흐르듯 흘러가는데
어느새 봄은 와서 문 앞에 있네.

솔가지 위의 새들은 자유롭고
차가운 바람은 봄을 재촉하는데
언 잠에서 막 깨어난 대지는
과연 누구를 위해 꽃을 피울 건가.

오늘은 입춘立春 날입니다. 새봄을 맞이하여 만 가지의 복이 우주 가득 충만하길 마음 다해 기도합니다. 벌써 불영지 주변에는 아지랑이가 피어오르는 듯하고, 계곡물은 제법 소리를 내며 힘차게 흐릅니다. 나뭇가지에 봄물이 오르고 얼어붙은 땅도 조금씩 녹고 있습니다. 절기의 변화는 이와 같이 어김없이 찾아옵니다.

동안거 해제가 며칠 남지 않았습니다. 마른 고목처럼 침묵을 지키며 스님들이 동안거 동안 철저하게 수행 정진하는 것은 그 침묵의 무아경지 속에서 지혜의 검을 찾기 위해서입니다. 스님들의 안거 수행이 여러분들이 사는 주위를 더욱 밝고 청정하게 해 주리라 믿어 의심치 않습니다. 여러분들 덕분에 정진할 수 있어 저는 늘 고마운 마음 가득합니다.

불영 설국

밤은 고요하여 한적한데
설국의 하얀 세상은 대낮처럼 밝네.
천년 금강송 가지 위에 핀 눈꽃은
정진하는 스님들의 마음을 씻어 주네.

설국의 밤하늘은 별처럼 빛나는데
잔잔한 바람결에 눈꽃 송이송이마다 법을 설하누나.
신라 고찰 불영산사는 점점 고요 속에 잠들고
정진하는 스님들 성성하게 깨어 있네.

—

입춘이 지났지만 어제부터 많은 눈이 내렸습니다. 이틀 동안 내린 눈으로 지금 불영은 아름다운 설국입니다. 삼라만상의 모든 현상은 쉼 없이 매 순간 변화하고 있기 때문에 더없이 아름다운 것이 아닐까요. 생겨난 것은 인연에 따라 없어지고 없어진 것은 다시 인연에 따라 생겨나니까요. 연기의 법칙을 바로 이해하고 바로 안다면 살아가는 매 순간을 자연 그대로 받아들일 수 있지 않을까 생각합니다.

매화

찬바람이 계곡을 타고
내리던 한파가 멈추니
청향헌 앞뜰에 서 있는
매화나무가 봄을 알린다.

천축산 숲에 사는 새들은
솔가지 위에서 분주하고
하루 안에 뜨는 해를 보고
하루 안에 지는 해도 본다.

내 안에 봄의 매화가 피고
또 매화가 지는 것을 본다.
내가 나를 버리지 않는 한
봄은 언제나 내 안에 있는 것을.

—

제가 머무는 청향헌 앞뜰의 청매화와 홍매화가 하나둘 피기 시작하였습니다. 이미 봄은 매화 가지 끝에 와 있는 듯합니다. 이제 동안거 해제를 앞두고 막바지 마무리에 열중하고 있습니다. 그동안 한파의 추위 속에 우리 대중 스님들 정진하시느라 수고하셨습니다. 몸도 마음도 건강하고 무탈하게 수행 정진해 주심에 고맙고 감사한 마음을 전합니다.

불영사는 해제를 맞아 삼 일간 동안거 해제 산림법회를 봉행합니다. 일 년에 두 차례 산문을 열고 함께 수행하는 시간인 만큼 불자 여러분들도 많이 동참하셔서 삼 일 동안 수행 정진하시길 권해 봅니다. 오늘도 선물 같은 축복의 하루를 감사한 마음으로 열어 가십시오.

또 다른 수행의 시작

겨울 안거 해제를 하고 나니
청풍납자의 푸른 선기는
선원 앞뜰 미인송 가지 끝에 머물고
선의 법향은 온 도량에 가득하네.

산에는 목탁새 놀러와 노래하고
비 갠 산사는 봄기운 완연하네.
정월 대보름 맑고 밝은 달빛은
사람들 마음을 환하게 비추고 있네.

—

오늘은 불영사 천축선원에서 수행 정진하신 스님들이 동안거
를 해제하는 날입니다. 그리고 삼 일간의 동안거 해제 산림법
회를 회향하는 날이기도 합니다. 그동안 산문출입을 하지 않고
오후불식과 엄격한 청규로 동안거 수행 정진에 애써 주신 대중
스님들께 깊은 공경과 경의를 표합니다. 그리고 전국 선원에서
수행 정진하신 스님들께도 깊은 공경과 경의를 표합니다.

동안거 해제는 또 다른 수행의 시작이기도 합니다. 어디에 계
시든 아무쪼록 건강하시고 수행 정진 여일하기를 간절히 기원
합니다.

봄비

고요한 불영사에
봄비가 내립니다.

추위를 견디어 낸
산나무 가지도

매화꽃 나무도
봄비 흠뻑 머금고

새로운 생명들이
들에서도 밭에서도

산에서도 땅에서도
비집고 오릅니다.

따뜻한 기운들이
산사를 감돕니다.

—

동안거를 해제하고 난 산사는 여느 때와 다름없이 조용하고 한가롭습니다. 봄기운이 한창 오르고 있습니다. 봄비가 내리고 난 이후에는 바람도 따뜻합니다.

여러분들도 봄기운처럼 힘 많이 내시고 어려운 상황 속에서도 희망 잃지 마시고 귀하고 귀한 오늘을 새로운 삶으로 받아들이시기 바랍니다. 그리고 최선을 다해 감사와 기쁨으로 살아가시길 기원합니다.

세상의 주인

보름달 밝은 빛은
마음속을 밝히고

마음속이 밝으니
눈이 밝게 빛나네.

사람 마음 착하면
국가가 평화롭고

사람 마음 나쁘면
사회가 혼탁하네.

우리가 살아가는
삼라만상의 세상

누구나 주인이고
너와 나 자유롭네.

—

오늘도 봄의 기운이 완연합니다. 우리가 일상에서 경험하고 느끼는 대상은 나의 내면을 비추어 주는 거울에 불과합니다. 각자 자신의 마음이 곧 주인이고 세상임을 알아야 합니다. 내가 웃으면 세상이 따라서 웃고, 내가 울면 세상도 따라서 웁니다. 내가 바로 세상임을 뜻하는 것입니다. 왜냐하면 이 세상의 주인은 당신이기 때문입니다.

인연

찬 겨울 가지 끝에
청매화 피어나고

봄의 아침 햇살에
뭇 생명 깨어나네.

비어 있는 산에도
잎들이 피어나고

찬 겨울을 보내고
첫봄을 맞이하니

만나고 헤어짐이
평상시의 일이라

텅 빈 하늘 흰 구름
자유로이 떠 가네.

—

온 세상이 코로나 바이러스로 인해 두려움과 불안 속에서 생활하고 있습니다. 얼마나 어렵고 힘든 시간을 보내고 있습니까. 어제는 초하루 법화경 법회와 봄 산철 결제를 입재하는 날이었습니다. 그러나 법화경 법회는 열지 않기로 결정하였고, 봄 산철 결제만 입재하였습니다.

이렇게 힘든 시간을 보내는 것은 우리 모두가 함께 살아가는 인연이 있어서입니다. 이 인연을 소중하고 귀하게 생각하셔서 그 어떤 원망도 갖지 마시길 부탁드립니다.

봄기운

아침 햇살 비치니
어두움 사라지고
대웅전 앞 무영탑
당당히 드러나네.

법당 안의 향 내음
온 도량 가득하고
봄소식 전한 매화
산천에 향기롭네.

천축산 산자락에
목탁새 노래하고
선원의 죽비 소리
중생 마음 깨우네.

산사에는 봄기운이 완연합니다. 청향헌 앞뜰의 청매화와 홍매화가 활짝 피었고, 도량 곳곳에서 매화꽃이 봄을 맞이하고 있습니다. 매화 향기 또한 온 도량에 가득합니다.

모든 자연현상은 빈틈없는 논리와 인과에 의해 생성되고 있습니다. 이와 같이 자연 속에 사는 사람들도 인과의 법칙에서 자유로울 수 없습니다. 살아 있는 모든 생명을 내 생명처럼 존중하고 자비심으로 이웃을 보살피며 하루하루 최선을 다해 살아간다면 후회 없는 나날을 맞이할 수 있으리라 생각합니다.

밝은 생각

산사에 새벽부터
봄비가 내리는데
기다리던 봄비는
미세먼지를 씻고

산에도 텃밭에도
풀집에도 내리네.
바람에 흩날리는
꽃잎은 향기롭고

법회 모인 대중은
환희심 충만하고
청향헌 방 안에는
차향이 가득하네.

—

불영산사에 어제 새벽부터 봄비 내리기 시작하더니 오후까지
비가 내렸습니다. 기다리고 기다리던 봄비가 산사를 적십니다.
미세먼지로 답답해하던 사람들에게 한줄기 빛을 선사합니다.
이번 비로 미세먼지가 깨끗하게 씻기고 가뭄도 해소되기를 기
원해 봅니다.

여러분들의 지금 한 생각이 여러분들의 인생을 창조해 갑니
다. 밝은 생각을 하면 밝아지고 어두운 생각을 하면 바로 어
두워지는 것이 진리입니다. 오늘도 밝은 생각으로 매 순간 행
복하시길.

행복의 비결

스님들은 봄 산철
결제에 들어가고
새들은 선원 앞뜰
오고 가며 노니네.

금강송 숲 봄 되니
한결 고요해지고
스님들 수행 정진
무아경지 이루네.

황혼은 구름 끝에
머물며 해는 지고
불영사 산 그림자
영지 속에 잠기네.

—

행복의 참비결은 마음의 문을 활짝 여는 데 있습니다. 마음의 문을 활짝 열면 세상사의 모든 실상을 막힘없이 바로 보게 됩니다. 그 안에는 크게 슬퍼할 일도 크게 근심할 일도 없습니다. 모든 실상은 절대 평등해서 모자라거나 부족한 것이 없기 때문입니다.

나무에 앉은 새는 나뭇가지가 부러질까 두려워하지 않습니다. 왜냐하면 자신의 날개를 믿기 때문입니다. 진정으로 자신의 마음을 믿고 마음의 문을 활짝 열어 보시길 희망합니다. 오늘도 선물 같은 축복의 하루를 기쁘게 열어 가십시오.

본성

봄바람이 불어와
매화 향기 날리고
고즈넉한 산사에
법 향기 가득한데

삼층석탑 그림자
비스듬히 비치고
선원 담장 너머에
죽비 소리 들리네.

마음은 경계 따라
이러히 드러나고
본성을 깨달으면
기쁨도 슬픔도 없네.

—

여러분들 마음 안에는 늘 새로워지려는 마음이 있습니다. 생기를 얻으려고 하는 마음도 있습니다. 자신의 삶을 변화시켜 더욱 행복하고자 하는 의지도 충분히 있다고 생각합니다. 모든 것은 자기 안에 존재합니다.

새로워지려는 마음도, 진실한 삶을 살려고 하는 의지도, 더욱 행복하고자 하는 마음도, 괴롭고 불안하다는 생각도 다 자신의 마음 안에 존재하고 있습니다. 다만 그 사실을 깨닫지 못하고 있을 뿐입니다. 내가 지금 이 순간 행복하고자 하면 행복은 바로 눈앞에서 펼쳐질 것입니다.

이 순간

산행길에 올랐다.
천축산 금강송 숲
산에는 생명들이
숨 쉬며 깨어나고

나뭇가지마다
새 잎새 돋아나네.
뭇 생명들은 나를
껴안으며 반기고

햇살에 반짝이며
진달래도 웃는다.
저녁 대종 소리에
하루해가 저문다.

—

한 제자가 스승에게 물었다.

"저는 어디에서 깨달음을 구해야 할까요?"

스승이 말했다.

"여기에서."

"그것이 언제일까요?"

"지금 이 순간 일어나고 있다."

"그럼 왜 저는 알지 못하는 겁니까?"

"네가 보고 있지 않기 때문이다."

"무엇을 봐야만 하죠?"

"그냥 보면 된다."

"저는 언제나 보는데요."

"아니다. 넌 보고 있지 않다."

"왜 안 본다고 하는 거죠?"

"너의 마음은 거의 언제나 다른 곳에 가 있기 때문이다."

이와 같이 진정으로 지금 이 순간 자신을 본다는 것은 어려운 일입니다. 당신은 지금 현재 무엇을 보고 계십니까? 내가 나를 보는 것은 진리를 바라보는 것임을 기억하시기 바랍니다. 진리는 변하지 않는 이치입니다.

산철 결제

천축산도 말이 없고 스님도 말이 없는데
하늘 구름은 봄새를 따라 떠다니네.
물은 서에서 동으로 흘러내리고
맑은 봄빛은 어느새 온 도량에 가득하네.

고요한 불영에 봄이 찾아들었네.
목탁새는 찾아와 선승들을 깨우고
겨울을 견디고 우뚝 선 금강송은
스님들과 함께 선정 삼매에서 깨어나네.

—

잔설이 달빛에 비치어 무척 아름다운 지금, 불영사는 봄 산철 결제 중입니다. 불영사 스님들은 정진에 집중 몰입하고 있습니다. 여러분들도 정진하는 하루 이어 가시길 기원합니다.

축복

산사의 아침 햇살
도량 안에 빛나고
그 빛은 숲 사이로
우주를 비춘다.

고통은 지나가고
아름다움은 남아
길 잃은 자에게도
밝게 길 내어 준다.

현재를 살아가는
귀한 사람들이여
지금을 후회 없이
온전히 살아가라.

—

산사에는 매화꽃이 지기 시작하면서 산수유꽃이 피기 시작하였습니다. 산에는 진달래꽃이며 야생화들이 하나둘 피기 시작하고 불영사 텃밭에는 씨 뿌릴 준비를 마쳤습니다. 봄기운이 완연합니다. 만물이 생동하는 파릇한 봄날, 살기 좋은 우리 국토 강산에서 여러분들은 절대 희망의 끈을 놓지 말고 즐겁고 기쁘게 하루하루를 맞이하시길 희망합니다.

살아 있다는 그 자체만으로도 이미 축복받은 것이며, 언제 떠나야 할지 알 수 없는 자신의 삶 속에서 지금 이 순간이 가장 아름답고 좋은 기회임을 반드시 기억하십시오. 하루하루를 영원으로 알고, 살아 있는 모든 존재들에게 희망과 축복을 기원해 보시길 바랍니다.

성찰

불영산사에 봄비 내리니
청향헌 앞뜰 청매화 홍매화의
맑은 향기는 봄을 알리고
방 안에는 차향이 가득하네.

마음 거울 영롱한 빛이여
어디에도 막힘이 없고 걸림이 없네.
산골짜기의 옅은 물안개는
서설瑞雪을 거두고 꽃비 되어 내리네.

—

어제부터 밤새워 봄비가 내리더니 이제야 비 그치고 산자락 골짜기마다 물안개 피어오릅니다. 산나무 가지마다 생기가 도는 듯 천축산에 봄빛이 찾아들었습니다. 절기의 변화는 극치의 아름다움을 자아내고 그 아름다움은 사람들의 마음에 내려앉습니다.

진리란 살아서 움직이는 것입니다. 여러분들이 지금 현재 살아 있다는 것이 다름 아닌 '있는 그대로의 자기 자신'이라는 사실을 깨닫는 것이 참으로 중요합니다. 지금 내가 무슨 생각을 하고 있는지, 지금 내가 무슨 행동을 하고 있는지 매 순간 성찰이 필요합니다. 자기 자신을 잘 알아야 매 순간 자기 자신을 컨트롤할 수 있습니다. 그래야 상대를 이해하고 대상을 이해하게 된다는 사실도 기억하시길 바랍니다. 대상과 나는 둘이 아닙니다. 누구를 미워하고 분노하는 일은 자신의 진정한 행복을 위해서 결코 하지 말아야 하는 행동입니다.

설경

고요한 봄 산사에 서설이 내리고
나뭇가지마다 흰 꽃이 피어나네.
산천은 어느새 하얀 세상으로 바뀌고
스님들도 새들도 환희의 노래 부르네.

하얀 마음은 동심으로 돌아가고
천진한 몸짓은 푸른 하늘에 닿았네.
진면목의 청정하고 맑은 마음자리여
이 밖에 또 무엇을 구하고자 하는가.

—

청향헌 앞뜰의 청매화 홍매화가 긴 겨울 차디찬 한파를 이기고 겨우 꽃망울을 터뜨리고 꽃을 피웠는데, 다시 눈이 내려 또 다른 풍경을 더하고 있습니다. 지금 산사는 산나무 가지마다 눈꽃이 피어 아름다운 설경을 자아내고 있습니다. 이 아름다운 풍경을 여러분들과 함께 나누고자 합니다. 여러분들의 고단한 삶에 조금이라도 위로가 되었으면 하는 바람입니다. 길상과 축복, 건강과 행복 그리고 환희로움과 자비로움이 매 순간순간 충만하기를 진심으로 기도드립니다.

좋은 씨앗

따뜻한 봄바람에 매화 꽃잎이 진다.
매화 꽃잎 떨어진 자리에 잎이 핀다.

꽃은 피면 지는 것 진 자리 열매 맺고
다음 봄 기다리다 또 다시 꽃은 핀다.

사람도 마찬가지 만나면 헤어지고
헤어지면 만나는 것 세상의 이치이다.

—

산사는 따뜻한 봄을 맞아 며칠 전 감자를 심었고, 이제 밭갈이를 하여 씨를 뿌리고 있습니다. 산사의 일 년은 봄에 밭 갈고 씨 뿌리는 것을 시작으로 여름에 부지런히 농사를 지어 가을에 수확하고 겨울에 갈무리함으로써 마무리됩니다.

우리들의 삶도 이와 크게 다르지 않습니다. 매일 매 순간 좋은 씨를 심어야 자신의 인생에서 알찬 수확을 거둘 수 있습니다.

사물의 실체

봄빛은 따뜻하고
청향헌 뜰 앞에는
매화가 만개했네.
텅 빈 봄 도량에
매화 향만 남았네.

—

일상생활을 하며 깨어 있을 때 여러 가지 생각을 많이 합니다. 사물을 볼 때도 자기 생각 때문에 사물의 실체를 바로 보지 못하고, 그 자기 생각 때문에 다른 사람과 견해 차이로 시비를 할 수도 있습니다.

자연 그대로, 있는 그대로를 보고 즐길 줄 알아야 합니다. 지금 이 순간에 자기 자신의 마음과 함께 머물수록 실수를 적게 하고 자신의 행위에 책임질 수 있게 됩니다. 왜냐하면 몸과 마음은 둘이 아니기 때문입니다. 오늘도 매화 향 가득한 하루 보내십시오.

진정한 힘

맑고 고요한 불영산사에
봄빛이 절로 찾아들고
바람 일고 구름 이는 천축에
봄꽃 향만 온 산천을 감싸네.

바람에 매화 꽃잎 날리니
매화 향 더욱 그윽하고
봄빛에 대나무 그림자 이니
봄새 날아와 가지 위에 앉네.

—

우리는 눈에 보이는 현상세계를 물질세계라고 합니다. 물질세계는 변하는 것이며, 진실하거나 영원하지 않습니다. 단지 실제 세계의 결과일 뿐입니다. 실제의 모든 세계는 지금 여러분 눈앞에 바로 존재하며, 실제의 주인공은 여러분들이 가지고 있는 청정한 마음입니다. 그 마음이 매 순간 이 우주를 창조하고 있습니다.

지금부터라도 마음의 문을 활짝 열고 자신의 진정한 힘을 느껴 보시길 바랍니다. 행복하고 자유로운 삶은 스스로가 만들어 가는 것입니다. 모든 것은 내 안에서 창조되기에, 지금 당신의 생각과 행위가 바로 다음 순간으로 이어진다는 점을 명심하시기 바랍니다.

아침 편지

봄산은 묵묵히 자신만을 드러내고
상대를 시기하지도 않고
서로를 감싸 주며 화려하게
온몸으로 제자리를 지키네.

봄은 각양각색의 빛으로
서로를 인정하고 받아들이고
한 폭의 산수화를 만들어 내며
봄의 아름다움을 완성해 가네.

들은 온갖 풀과 꽃들을 자라게 할 뿐
그 어떠한 것도 소유하려 하지 않고
이름 모를 풀과 크고 작은 꽃들이
자랄 수 있도록 그 모든 것을 내어 주네.

계절이 바뀌고 새로운 꽃들이 온 산을 장엄합니다. 산에는 새들이 노래하고 물은 조용히 아래로 흐릅니다. 불영산사에는 이른 새벽부터 봄비가 내려 온 산을 촉촉이 적시고 들에도 밭에도 영양분을 공급하고 있습니다. 이 모든 것이 또 다른 시작으로 새롭게 다가옵니다.

오늘은 끝없이 아름답고 지금 이 순간은 더없이 소중하고 귀합니다. 살아 있음에, 봄을 느낄 수 있음에, 산사에 내리는 봄비를 바라보며 지금 이 순간 여러분들께 아침 편지를 쓰고 있음에, 한없이 행복하고 환희 충만합니다. 산과 들과 물, 자연을 바라보면서 오늘도 많은 것을 배웁니다. 우리에게 기꺼이 모든 것을 내어 준 대자연에 깊이 감사드립니다.

웃음

봄날은 점점 깊어 가고
산에는 진달래 지고 철쭉이 피네.
산벚꽃잎이 바람에 날리니
도량 가득 흰 눈처럼 쌓여 가네.

먼 산에 물안개 피어오르고
찬 겨울을 이겨 낸 천축산은
온갖 새들이 찾아와 축제를 열고
산사는 완연한 봄빛으로 물들어 가네.

—

옛말에 '웃으면 복이 온다.'는 말이 있습니다. 가식적인 웃음이 아닌 참웃음이 복을 부른다는 의미입니다. 여러분들의 기운은 자신과 모든 사물에 스며들지 않는 곳이 없습니다. 특히 말은 더 강하게 사람들에게 전달되어 큰 영향을 미칩니다.

감사의 말로, 행복한 말로, 친절의 말로, 상대를 향해 웃거나 말하면 상대는 더 큰 감사로 보답하게 될 것입니다. 세상 또한 마찬가지입니다. 세상을 향해 웃으면 세상은 더 큰 웃음으로 당신에게 선물할 것입니다. 그리고 웃음은 당신의 부족한 부분을 채워 준다는 사실도 기억하시길 바랍니다. 웃음을 통해 질병을 치유한 예도 아주 많습니다.

'나'라는 자존심 때문에 성질을 내고 분노를 일으키면 내 인생을 큰 고통으로 몰아갈 뿐입니다. 나를 고집하면 적이 많아지지만, 나를 버리면 세상은 내 편이 된다는 것을 잊지 마시기 바랍니다.

산벚꽃

사월의 봄바람에 꽃잎 흩어져 날리고
설법전 옆 수각 앞에 자목련이
다소곳이 피어 도량을 장엄하네.

천 년 넘게 불영사를 지켜 온
대웅전 앞 삼층 무영탑,
사람들은 염원 담아 탑돌이하고
법영루의 종각은 법향 울리며
지금도 조용히 법을 전하고 있네.

—

해마다 이맘때면 불영산사는 수많은 종류의 이름 모를 야생 꽃들이 여기저기 흐드러지게 피고, 영지 주변은 민들레와 풀꽃들이 장엄합니다. 겨우내 움츠리며 봄을 준비한 산 숲 나뭇가지에 물이 오르고 연두색 잎들은 금강송과 어우러져 산벚꽃과 함께 얼마나 예쁜지요. 마치 한 장면의 명화를 보는 듯 아름답습니다.

쉼 없이 변하는 현상세계를 보면서 수많은 가르침을 얻습니다. 왜냐하면 변하는 속에 변하지 않는 진리를 매 순간 발견하기 때문입니다. 현상은 변하고 사라지고 없어짐을 진실로 알기 때문에 집착하고 소유하려는 마음이 일어나지 않습니다. 매 순간 그저 있는 그대로 보고 느끼고 그 진실의 실체를 깨달음으로써 환희 충만합니다.

오월

산벚꽃 어우러진 천축산 안자락에
솔바람 불어오니 꽃비처럼 날리고

흙 담장 너머 울력하는 스님들
잡초를 제거하고 도량을 단장하네.

만고에 푸른 솔은 천축산을 지키고
법당 앞 삼층석탑 불영사를 지키네.

—

오늘은 오월을 시작하는 첫날입니다. 오월은 어린이날, 어버이날, 성년의날 등이 있는 가정의달이기도 합니다. 거기다 올해는 석가모니 부처님 탄신을 기념하기 위해 제정한 부처님오신날도 있습니다. 부처님오신날은 1975년 1월 '석가탄신일'이라는 이름으로 법정공휴일로 지정돼 오늘에 이르고 있습니다. 불자들은 부처님오신날을 기념하기 위해 집집마다 사찰마다 마을마다 연등축제와 어려운 이웃을 돕는 행사를 열고 있습니다. 불영사도 부처님오신날을 기념하기 위해 축제 준비에 한창입니다.

우리가 사는 이 아름다운 국토가 부처님의 가르침에 따라 생명을 존중하고 전쟁과 질병과 다툼이 없는 불국정토가 되길 간절히 발원합니다. 자신의 평화는 가정의 평화로 이어지고 가정의 평화는 사회의 평화로 이어지고 결국은 국가의 평화로 이어지게 됩니다. 우리 모두의 염원인 진정한 평화를 이룩하기 위해 노력하는 하루하루 보내시기를 기원합니다.

한 생각

내리던 비 그치니 산천은 더욱 맑고
솔가지 위에서 노는 봄새들 자유롭네.

푸른 잎새 가지는 새들의 보금자리
산사의 전각들은 스님들 보금자리.

너와 나 둘이 없는 하나의 근본에서
세상과 우주 나도 너도 한마음이네.

생각은 현실을 만들어 갑니다. 지금 현재 일으킨 잘못된 한 생각 때문에 고통받는 사람들이 많습니다. 예를 들어 '나이가 들면 시력이 나빠질 것이다. 건강도 좋지 않을 것이다.'라고 생각을 하면 시력도 나빠지게 되고 건강도 좋지 않게 됩니다. 반대로 '내 시력은 언제나 좋아. 건강도 언제나 좋아.'라는 생각으로 완전한 믿음만 갖는다면 시력도 좋아지게 되고 건강 또한 좋아지게 될 것입니다. 내가 일으킨 그 한 생각 때문에 시력과 건강이 좋아질 수도, 나빠질 수도 있다는 사실을 꼭 아시길 바랍니다. 지금 자기 자신이 하는 생각과 주파수를 '건강'과 '행복'에 맞추어야 건강과 행복을 경험하게 될 것입니다. 생각을 행동으로 옮기면 그 자체로 창조자의 삶을 살아갈 수 있습니다. 왜냐하면 생각은 말과 감정과 행동을 만들어 내기 때문입니다.

부처님오신날

목탁새 소리 천축산에 울려 퍼지고 뻐꾸기 노래하는 평화
로운 불영산사, 부처님오신날을 경축하고 축제를 열기 위
해 수천 개의 등으로 도량을 장엄했네.

그 옛날 인도 땅에서 정반왕의 아들로 태어나 부귀영화
한 몸에 받았고, 청년이 되어 세상의 무상함을 느껴 출가
를 결심하고, 부귀영화 다 내려놓고 설산에 들어가 도를
닦았네.

번뇌와 고통의 원인을 알기 위해 보리좌에서 육 년 고행
끝에 비로소 생사의 근원이 마음임을 알았고, 마음에 번
민 고통 말끔히 사라지고 큰 깨달음을 얻어 청정한 삶을
완성하였네.

깨달음을 완성한 석가 태자는 더 이상 번뇌 남지 않았고,
생사윤회로부터 해탈하였네. 샛별이 마지막 빛을 사르는
동녘 하늘로 밝은 태양이 솟아오르고 있었네.

큰 깨달음을 얻은 석가 태자는 온 인류에게 말씀하였네.

번뇌 망상의 주인은 마음이라고, 그 마음을 깨달으면 누구든지 생사윤회에서 자유로움을 얻고 부처님이 될 수 있다고.

—

부처님오신날을 맞아 다시 한 번 깨달음의 진리를 생각해 보는 시간이 되었으면 합니다. 인생에 있어 가장 큰 행복은 자신의 근본을 아는 데 있습니다. 그 근본 마음이 세상의 주인이기 때문입니다.

존재의 실상을 깨달은 분이 바로 석가모니 부처님이십니다. 여러분들도 깨달음을 얻으면 부처님이 될 수 있다고 선언하신분이 바로 석가모니 부처님이십니다. 오늘 부처님오신날을 맞아 부처님의 대자대비한 가피력으로 한반도의 평화 통일과 지구촌 인류의 행복이 이뤄지길 축원합니다.

평온

나는 봄새 불영지에 머물고
오죽 숲 청향헌에 맑은 바람 머무네.
천축산은 흰 구름 속에 머물고
절 마당에는 가사 입은 스님이 머무네.

축제의 장을 마치니
사해가 조용하고
여름 안거 들어가니
금강송 숲에서 소쩍새 노니네.

어제와 달리 수천 개의 등을 거두고 불영사 도량은 예전과 같이 조용하고 평온합니다. 부처님오신날 행사 마무리를 위해 애써 주신 모든 분들께 깊은 감사의 말씀을 드립니다. 여러분들의 소중한 삶에 축복과 찬탄을 보냅니다.

수행

불영사 산문 열고 결제에 들어가니
바람은 맑아지고 산사는 고요하며
목탁새 노래하고 스님은 묵언하네.

해는 서산에 지고 종소리 들리는데
사월의 보름달은 도량을 비추고
달빛은 천축선원 뜰 안으로 내리네.

불영사에서는 오늘 하안거 결제 입재식을 봉행합니다. 스님들은 오늘부터 칠월 보름까지 여름 삼 개월 동안 깊은 정진에 들어갑니다. 산문 밖 출입을 금하고 오후불식과 대방에서의 묵언과 청규를 지키며 용맹정진에 집중 몰입하게 됩니다.

여러분들께서도 삼 개월 동안 시간을 정해 놓고 명상 수행, 백팔배 수행, 경전 독송 등 자신이 할 수 있는 수행을 해 보시길 바랍니다. 끊임없는 의지와 용기, 노력이 없이는 하루 이틀 사흘 이어지기가 쉽지 않습니다. 자신의 당당하고 진실한 삶을 위해 한번 도전해 보시길 희망합니다.

스승의 은혜

산 그림자 더욱 선명하고
구름 밖의 절경은 장관인데
천 년이 지난 천축산의 주인은
오늘도 말없이 유유자적하네.

—

천지는 고요하여 움직이지 않지만 그 기운의 기를은 잠시도 쉼이 없습니다. 해와 달은 뜨고 지지만 그 밝음은 만고에 변하지 않습니다. 여러분들의 순수하고 진실한 마음도 이와 같아서 만고에 변하지 않고 항상 그 자리에서 빛을 발하고 있습니다.

오늘은 스승의날입니다. 산이 아무리 높아도 스승님의 은혜는 산보다 높아 다함이 없고, 바다가 넓고 깊지만 스승님의 은덕은 한량이 없습니다. 오늘 여러분들의 스승님께 글로써 혹은 문자나 전화나 만남으로 고마움을 표현해 보시길 바랍니다.

2부 여름숲 나날이 깊어 가고

정진 또한 깊어 가는데

공존과 상생

산사의 봄날은 녹색으로 익어 가고
여름 안거 스님들 정진 깊어 가네.
화두로 번뇌 망상 일시에 내려놓고
밤을 새워 우는 두견이와 벗을 삼네.

천축산은 묵묵히 병풍처럼 서 있고
봄향은 솔바람에 날로 퍼져 가는데
산과 바람, 너와 나, 세상을 다 잊은 곳
맑은 바람 물 흐르는 산사 천축이네.

—

세상은 크고 작은 것들이 모여 균형을 이루고 있습니다. 사람
또한 표정과 생김새, 생각과 행동이 다른 이들이 모여 거대한
인간세계를 만들며 각자 다양하게 살아가고 있습니다. 자신의
욕심에 맞추어 주변 사람들을 가두어 두려 하거나 집착한다
면 그 어떠한 인간관계도 균형을 이루며 발전할 수 없습니다.
갈등과 다툼, 전쟁과 원한만 있을 뿐입니다.

우리 모두는 있는 그대로의 삶을 받아들임으로써 내가 가지
고 있는 독선과 교만의 힘을 빼기 위해 노력해 가야 합니다.
우리가 사는 세상에서 공존하고 상생하고 양보하고 존중하
는, 균형 있고 평등한 인간관계가 이루어지길 발원해 봅니다.

이 또한 지나가리라

달 밝은 밤 천축산 불영 도량에
소쩍새 찾아와 밤 새워 슬피 울고

산사의 기운은 아침 저녁 싸늘한데
면벽 구도 납자 어디에도 걸림이 없네.

산이 푸르니 물이 흐르고
꽃이 피니 새들이 노래하네.

—

늦은 봄빛이 찬란해도 이 또한 지나가는 것입니다. 그 어떠한 영욕도 부귀도 영화도 한순간일 뿐입니다. 일체 모든 것은 그와 같이 다 지나가고 사라진다는 뜻입니다. 즐거움도 괴로움도 모두 지나가는 것이니 그 어떠한 경계에도 집착하지 마시길. 기쁨도 괴로움도 다 지나가는 것이기에 지금 이 순간의 삶이 소중하고 귀합니다. 여러분들의 삶은 지금 이 순간 안에 완벽하게 존재합니다. 지금 이 순간에 집중 몰입해 가시길.

그 어떠한 어려움이 당신을 괴롭히더라도 거기에 절대로 휘둘리지 마시고 끝까지 잘 참고 견디십시오. 한 번만 딱 참으면 바로 즐거움이 뒤따를 것입니다. 오늘도 가벼운 발걸음으로 희망차게 시작하시길 응원합니다.

정진

천축 오월의 산빛은 날이 갈수록 푸르고
산속 빛은 새들을 기쁘게 하고 노래하게 하네.
청향헌 토방 앞뜰에는 청매실 익어 가고
해는 서산으로 지고 물은 동으로 소리 없이 흐르네.

—

지금 불영사에서는 스님들이 용맹하게 하안거 정진 중에 있으
며, 응진전 법당에서는 매일 삼천배 절 기도를 하고 있습니다.
법당마다 간절함과 땀이 밴 정성으로 정진에 정진을 거듭하
고 있습니다. 생명 있는 모든 존재들의 진정한 행복과 자유로
운 삶을 위하여 저도 열심히 정진하고 있습니다. 이 모든 것에
깊은 감사의 마음을 전합니다. 오늘도 여러분들의 활기차고
용기 있는 삶을 응원합니다.

마음의 평화

천축산 한가로워 고요하고
산사 또한 한가로워 일이 없네.
선불장에 죽비 소리 울리고
청풍납자 선정 삼매 이루네.

—

불영사 텃밭에 감자를 심었습니다. 지금 감자꽃이 한밭을 이루며 무척 예쁘게 피어 있습니다. 평화는 당신의 내면에서 만들어집니다. 당신의 마음이 평화로우면 세상은 따라서 평화로워집니다. 오늘도 평화로운 마음으로 평화로운 하루 이어 가시길 기도합니다.

기다림

푸르고 맑은
풀빛 머금은
깨끗한 영지에
창포꽃과 연꽃
어리연이 만나
불영지를 이루고

대중들이 모여
화합을 이루어
수행 정진하니
깨달음은 손안에 있고
정토 세상은
눈앞에 펼쳐져 있네.

—

기다림이란 단어는 정말 좋은 것 같습니다. 기다림은 최고의
미덕이 아닌가 싶습니다. 어떠한 상황에서도 때와 기회는 오
게 되어 있습니다. 때를 기다리지 못하고 마음이 조급하면 어
떠한 기회도 주어지지 않습니다. 한파에 인고를 견뎌낸 매화
꽃의 진한 향처럼 봄은 언제나 문턱에서 여러분들을 기다리
고 있을 것입니다. 때가 되어 피는 꽃은 향기가 좋고 꽃도 아름
답습니다.

불영산사의 오늘 아침도 아름답기 그지없습니다. 산골짜기마
다 물안개 피어오르고 안개비가 내리고 있는 도량은 차분하고
맑고 고요합니다. 산 숲에는 산새와 풀벌레들이 날갯짓하며
노래하고, 스님들은 하안거 정진에 집중 몰입하고 있습니다.
여러분들도 차분하고 조용한 하루 보내십시오.

초연

산사에 봄꽃은 지고 녹음방초 무성하네.
스님들 한가로움 속에 선정 삼매 깊어 가고
꽃은 늘 피고 지지만 언제나 말이 없네.

천 년 세월 불영계곡 쉼 없이 함께 흐르고
오랫동안 자리해 온 천축산도 금강송도
한결같이 그 자리에 묵묵히 서 있네.

—

오월의 푸르름도 어느새 물러가고 산사는 고요하고 스님들 또한 정진에 집중하고 있습니다. 세월은 본래 가고 옴이 없는데 사람들은 가고 옴이 있다고 슬퍼하고, 늙고 죽음은 누구도 면할 수 없는 일인데 그 또한 두려워하고 참담해합니다. 물질은 변하는 성질을 가지고 있어서, 생겨난 것은 변하여 없어지고 없어진 것은 인연에 의해 또다시 생겨납니다. 눈에 보이는 물질은 변하고 없어지지만 눈에 보이지 않는 본성인 마음자리는 절대로 변하지 않는 것이어서, 죽었다고 해서 없어지거나 사라지는 것이 아님을 알아야 매사에 초연할 수 있고 자유로울 수 있습니다. 그 변하지 않는 마음에 매 순간 집중함으로써 내 삶이 더욱 걸림 없이 자유롭고 행복해질 수 있습니다.

기적

여름 산 절로 푸르고
물 또한 절로 흐르는데
그 주인 찾을 길 없고
불영의 그림자만 허공에 가득하네.

—

여러분들의 삶은 참으로 소중하고 귀합니다. 눈으로 볼 수 있고, 귀로 들을 수 있고, 코로는 냄새를 맡을 수 있고, 입으로 말을 하거나 음식을 먹을 수도 있고, 손과 발을 움직일 수 있어 정말 행복하고 감사하지 않습니까? 참으로 기적적인 삶을 매 순간 살아가고 있습니다. 여러분들의 삶이 이보다 더 소중하고 귀할 수는 없습니다. 자신의 삶을 더욱 귀히 여기고 남을 자신의 생명처럼 귀히 여기는 삶을 살아가시길 진정 바랍니다.

성품

사람과 산은 아무 말이 없고
산새는 하늘 비구름을 따라서
허허롭게 노래하며 노니는데
어느새 여름비는 산사를 적시고
나는 오늘도 하루를 바라보며
지금 이 순간을 살아가고 있다.

―

마음 안에 있는 참마음을 찾겠다고 몸을 쪼갠다면 몸은 망가지고 참마음은 절대로 찾을 수가 없습니다. 꽃이 예쁘다고 꽃나무를 쪼개면 꽃은 찾을 수 없고 그 꽃나무는 죽음을 면치 못하듯 말입니다. 다만 밖으로 드러날 때 꽃이 되는 것처럼 참마음 부처도 몸을 의지하여 그 성품을 드러내고 있을 뿐입니다.

눈에 보이지 않지만 좋고 나쁨을 스스로 아는 밝은 마음 성품은 언제 어디서나 내 안에서 밝게 존재합니다. 자신 속에 있는 그 참마음을 믿는 것이 여러분들이 첫 번째로 해야 할 일입니다. 항상 자신의 참마음을 믿고, 책임 있는 말과 책임 있는 행동으로 가족과 이웃을 돌보는 삶을 살게 되면, 스스로도 행복할 뿐 아니라 가족도 이웃도 자신처럼 믿고 의지하게 될 것입니다. 그것이 참으로 진실하고 행복한 삶이라 할 수 있습니다.

진여불성

천축산 여름숲 나날이 깊어 가고
스님들 정진 또한 깊어 가는데
능소화 향기는 불영지에 번지고
뜨거운 햇살은 천축선원 뜨락에 내리네.

여름 숲은 매미 소리로 요란하고
물은 산 숲 따라 절로 흐르는데
맑은 바람 천축산에서 불어오고
불영도 스님도 한가롭기 그지없네.

삶은 끊임없는 변화의 여정입니다. 시시각각 쉼 없이 변하기 때문에 그 어떤 것도 영원한 것은 없습니다. 그러나 그 가운데 영원히 변하지 않는 한 물건이 있으니, 그것은 바로 여러분들이 가지고 있는 진여불성 자리 즉 마음입니다. 그 마음을 깨달은 자를 부처라고 합니다. 부처님께서는 그 마음을 깨닫고 부처가 되신 것입니다. 그리고 생명이 있는 모든 존재는 그 마음을 깨달을 수 있다고 선언하셨습니다. 오늘도 변하지 않는 자신의 진여불성인 마음에 경배하고 남을 공경하는 하루 이어가시길 기원합니다.

시원한 경치

산사에 바람이 고요하니
봄꽃은 이미 시들고
영지에 연꽃이 만발하니
연 향이 산천에 가득하네.

여름산 숲에는 풀벌레
매미 소리 끊이지 않고
산에서 불어오는 바람은
한낮의 더위를 식혀 주네.

—

불영산사 여름 한낮의 시원한 경치는 사람들의 발길을 멈추게 합니다. 오늘도 여러분들 모두 아름다운 매 순간을 감사한 마음으로 창조해 가시길, 그리고 자신의 호흡에 집중해 가시길 진심으로 기원합니다.

우순풍조

조용한 산사에 단비 내리니
만물들이 잠에서 깨어나네.
세차게 내리는 빗줄기에
산빛은 더욱 푸르고
산사는 더욱 고요하네.

—

가뭄이 계속되어 비를 몹시도 기다리던 차에 어젯밤부터 온종일 비가 내렸습니다. 이번 단비로 가뭄이 해소되고 농사에도 큰 도움이 되리라 생각합니다.

우순풍조雨順風調 국태민안國泰民安이라는 말이 있습니다. '우순풍조'는 비가 때에 맞추어 알맞게 내리고 바람이 고르게 분다는 의미이며, '국태민안'은 나라가 태평하고 국민들의 생활이 안정되고 평안하다는 뜻입니다. 우리가 사는 아름다운 강산에서 언제나 우순풍조하고 국태민안하기를 오늘도 기도합니다.

아름다운 아침

불영지에 연꽃 세상 장엄하고
주변 산들은 병풍처럼 둘러 있네.
부처님 그림자 도량 위에 드리워지고
오고 가는 사람들 연꽃 세상에 머무네.

—

비 그치고 맑게 갠 하늘은 참으로 푸르고 도량은 아주 고즈넉하고 한가롭습니다. 산 숲에서 갖가지 새들의 노랫소리와 풀벌레들의 정겨운 소리가 들려오는 아름다운 아침입니다. 스님들의 정진 또한 깊어 가고 있습니다.

여러분들과 함께 새로운 아침을 맞이하는 저는 참으로 감사하고 행복합니다. 오늘도 진흙에 물들지 않는 연꽃처럼 청정한 삶 영위해 가시길.

선의 본체

만고에 불변하는 마음자리여
하루 아침은 마음 안의 풍광이네.
해 저물어 산 그림자도 잠들고
여름 한더위는 한가로움 밖에 있네.

—

선禪의 본체는 근본적으로 표현하기 어렵습니다. 언어도단言語道斷 심행처멸心行處滅이라고 했습니다. '언어도단'은 말로써는 도저히 표현할 수가 없다는 뜻이며, '심행처멸'은 생각으로도 헤아려 알기 어렵다는 뜻입니다. 다만 스스로가 깨달아야 증득할 수 있다는 의미입니다.

육조혜능 대사와 그의 제자 남악회양의 선문답은 선의 본체를 말로는 설명하기 어렵다는 것을 보여줍니다.

"제가 깨달은 바가 있습니다."

"그래 무엇이냐?"

"설사 한 물건이라 해도 맞지 않습니다."

선은 자기 자신의 마음자리를 떠나서는 존재하지 않습니다. 왜냐하면 당신이 가지고 있는 근본 마음이 선의 마음이기 때문입니다.

더위를 이기는 방법

물안개 피어오른
고즈넉한 산사에

풀벌레 우는 소리
어지러이 들리고

맑은 아침 햇살은
선원 뜨락에 앉네.

천축선원 선불장
스님들 면벽하고

바람은 고요한데
새들은 화답하고

여름 되니 더웁고
숲은 절로 푸르네.

—

며칠 동안 내린 장맛비로 불영계곡의 물은 더욱 힘차게 흘러
내리고, 천축산의 숲은 여름이 깊어 갈수록 짙어져 산새들의
요람이 되고 있습니다. 텃밭에는 스님들의 건강을 돋울 채소
들이 자라고 있습니다. 그리고 여러분들의 정성 가득한 도움
으로 우리 스님들 모두는 건강하게 잘 정진하고 있습니다. 한
분 한 분께 깊이 감사한 마음을 전하고 싶습니다.

자기 자신을 극복하는 방식은 주로 일상생활에서 작은 불편
을 견디는 것이라고 할 수 있습니다. 여름의 더위를 이길 수 있
는 최고의 방법 또한 더위를 탓하기보다 있는 그대로를 받아
들이는 것입니다. '여름은 여름이니까 더운 것이다.' 그래야 능
히 여름 더위를 이길 수 있습니다. 일상에서 일어나는 수많은
일들을 긍정적이고 밝은 마음으로 극복해 나가면 좋겠습니다.

방하착

천축선원 죽비 소리 도량에 울리고
화두 공안 나날이 깊어 가는데
구름 걷힌 산은 더욱 푸르고
선불장 도량은 한가롭기 그지없네.

—

어제는 하안거 반산림이었습니다. 반산림이란 하안거 중 반을 정진했다고 하여 반산림이라 하고, 이를 기념해 정진한 내용을 점검하고 영양이 되는 음식을 나누어 먹으며 쉬는 날이기도 합니다.

일체의 모든 법은 오로지 마음이 만들어 내기에, 지금 이 순간 여러분들의 마음이 어디에도 걸림이 없다면 자유로운 삶을 영위할 수 있습니다. 방하착放下着. 지금 잠시라도 마음을 툭 하고 한번 내려놓으면 여유롭고 자유로운 마음으로 돌아가 있을 것입니다. 우리에게 주어진 소중하고 귀중한 인생, 가족을 원망하거나 남을 미워하는 데 시간을 낭비하지 말고 지금 이 순간의 내 인생에 집중해 보시길 부탁드립니다. 모든 일이 순조롭게 잘 되지는 않지만, 지금 이 순간 어떤 일을 하더라도 최선을 다하는 것이 바로 여러분들이 해야 할 몫입니다.

무심

청향헌 앞 뜨락에
빗방울 떨어지고

매화 잎 가지 위에서
새들이 노래하네.

내리는 빗물 방울
바람에 흩어지고

여름은 익어 가고
꽃잎은 떨어지네.

새들은 바람 따라
자유롭게 노닐고

세월 또한 이러히
물 따라 흘러가네.

—

어떤 이가 무심無心에 대해 물었습니다.

"사람에게 마음이 없다면 초목과 다를 것이 없는데, 무심이란 무엇을 말하는가?"

"무심이란 마음 자체가 없다는 말이 아니고, 마음속에 아무것도 없음을 말한 것이다. '빈 병'이라고 할 때 병 속에 아무것도 없다는 것을 말한 것이지 병 자체가 없다는 뜻이 아닌 것과 같다."

『임제록』에서는 이와 같이 무심을 밝히고 있습니다.

무심은 아무런 생각이 없거나 멍한 상태가 아니라 생각을 비우는 것을 말합니다. 병 속이 비어 있어야 다른 물건을 넣을 수 있듯이, 마음을 비우고 낮추는 삶을 살아야 진실하고 행복한 삶을 살 수 있음을 밝힌 것입니다. 누구나 세상에 올 때 빈손으로 왔다가 빈 몸으로 갑니다. 그러나 꼭 가지고 가는 한 물건이 있으니 그것은 평생에 지은 생각과 말과 행동입니다.

사랑과 미움

법영루의 종소리 울려 퍼지고
소쩍새 소리 산 숲에서 들려오는데
그 소리 백일홍 나뭇가지에도
천축선원 좌복 위에도 내려앉네.

산천초목들도 법의 소리 듣고
영지의 연꽃들 또한 법을 듣네.
불영계곡의 물 쉼 없이 흐르고
아침 햇살 온 도량을 비추네.

—

마음을 떠나서는 그 어떠한 것도 얻지 못합니다. 사랑도 자비도 미움도 고통도. 마음이라는 존재가 있어 남을 사랑하게도 하고 미워하게도 하는 것입니다.

미움은 나 자신을 괴롭히고 상대를 괴롭히지만 사랑은 나를 행복하게 하고 상대를 행복하게 합니다. 과거 속에 갇혀서 현재 나를 보지 못하는 것은 슬픈 일입니다. 혹은 미래 속에 나를 가두어 두지는 않았는지 살펴볼 일입니다.

뜨거운 여름

한여름 햇볕은 뜨겁고
산과 들에 곡식은 익어 간다.
지금 이 순간
살아 있음에 여름을 보고
살아 있음에 더움을 안다.
살아 있음에 세상을 보고
살아 있음에 자신을 본다.

하늘에는 뭉게구름이
산사에는 전각들이
산 숲에는 여름 새들이
계곡에는 맑은 물이
지금 이 순간들이 모여
영원으로 쉼 없이 흘러간다.

산은 늘 푸르고 물은 늘 흐르네.

—

삼복더위에 얼마나 지치고 힘든 여름을 보내고 계십니까? 유
난히 뜨거운 여름을 보내고 계실 여러분들께 깊은 위로와 위
안을 드립니다. 한여름에는 깨끗한 물을 많이 마시는 것이 더
위를 이기는 좋은 방법입니다.

사람들이 살아가는 데 건강보다 중요한 일은 없습니다. 건강
한 몸과 건강한 마음으로 하루하루 당당하게 살아가시길 기
원합니다. 여름이 되어 더운 것이며, 겨울이 오면 저절로 추워
지는 것임을 매 순간 깨달아 가시길 바랍니다.

평상심

동트자 뒷산에 구름 내려앉더니
오후가 되어 조용히 비가 내리고
비 내리니 천축산 숲은 절로 푸르고
산사는 한가롭고 스님 또한 고요하네.

물안개는 산골마다 피어나고
청향헌 뜰 앞에 떨어지는 낙숫물.
어느덧 산비는 온 도량을 적시고
불영 스님들 먹물 자락도 적시네.

—

사회생활은 인욕의 연속이지만, 참는다는 것은 아름다운 일이며 양보하고 배려하는 것 또한 아름다운 일입니다.

자신을 바로 알지 못하여 경계에 따라 마음이 움직이지만, 본질적인 여러분들의 마음자리는 결코 변하지 않습니다. 괴롭고 즐거운 일들을 그냥 있는 그대로 받아들이면 늘 평상심을 유지할 수 있습니다. 그 마음이 바로 여러분들의 주인이기 때문입니다. 오늘도 지금 이 순간에 집중 몰입하시어 평상심을 유지하시길.

한담

청향헌 앞뜰에 무화과 익어 가고
여름 더위는 어느새 중복이라
물이 흐르고 꽃이 피는 산사에
올해도 어김없이 찾아드네.

—

어제는 중복中伏이었습니다. 예로부터 무더위가 극심한 삼복에는 보양 음식을 먹어 영양을 보충했다고 합니다.

우리 불영사 대중 스님들도 중복을 맞아 아침 일찍부터 텃밭에서 수확한 감자를 강판에 갈고, 호박과 고추를 따 와 감자와 함께 채 썰어 전을 부쳐 먹으며 한가롭고 즐거운 하루를 보냈습니다. 그 천진한 모습에 저도 참으로 즐거웠습니다. 스님들과 후원채 마루에 앉아 한담을 나누고 음식을 나누어 먹는 즐거움에 더위도 잊었습니다. 그리고 점심시간에 다 함께 수제비를 만들어서 먹는 것으로 중복 행사를 마무리했습니다.

오늘도 무더위는 계속된다고 합니다. 손을 깨끗이 씻고 물을 많이 드십시오. 가족들과 함께 음식을 만들어 먹는 것이 더위를 잊게 합니다. 부디 여름 건강 잘 챙기시길 바랍니다.

경책

동편 저쪽
계곡물이 흐르는 천축산 숲속에
찬란한 아침 해 떠오르니
주변의 크고 작은 산들은
붉게 물들고
금강송 또한 붉게 물들었네.

산 숲에는 뻐꾹새 울고
매미 소리 요란한데
선불장의 정진하는 스님들 마음은
고요하고 고요하여 움직임이 없네.
여름 향기 익어 가고
불영의 그림자 또한 길어지네.

—

책상머리나 사무실에 좋은 글귀를 붙여 두고 마음에 경책으로 삼은 일이 있을 것입니다. 같은 글귀라도 자신의 성장에 따라 느끼고 깨닫는 바가 달라지듯이, 좋은 글귀나 진리의 말씀을 읽고 보기를 반복하다 보면 느낌과 깨달음이 크게 다가올 것입니다.

이와 같이 공부도 기본을 반복하는 것이 자신에게 큰 이익이 있습니다. 물 한 방울 한 방울이 지속적으로 같은 곳에 떨어지면 결국은 돌을 뚫는 것과 같은 이치입니다.

맑은 하늘

새벽에 일어나 밖을 보니 하늘은 높고
여름 숲은 눈부시게 아름다운데
여기에 무엇을 얻었다 기뻐하고
무엇을 잃었다고 슬퍼할 것인가.

때가 되어 피고 지는 꽃은 말이 없고
달이 지고 해가 뜨니 새는 노래하네.
청량하고 맑은 바람 오죽 숲에 이니
하늘에 뜬구름 부질없이 오고 가네.

—

본래 세상사가 무심한 줄 깨닫지 못해 허무하다고 하는 것입니다. 본래부터 세상사가 무심한 줄 알면, 허무한 것도 진실한 것도 일어나지 않습니다. 삼라만상의 세상사는 여러분들 마음에서 하나하나 생겨난 것입니다. 그 마음을 깨달으면 진실도 거짓도 존재하지 않음을 알 것입니다.

어딘가에 집착하고 내 것이다, 네 것이다 하며 머리가 아프도록 다툴 것이 있겠습니까? 먹구름 걷히면 맑은 하늘이 드러나듯, 여러분들 마음에서 욕망의 먹구름을 걷어 내면 맑고 깨끗한 마음이 드러날 것입니다. 기적은 매 순간 일어나고 있습니다. 다만 여러분들이 느끼지 못하고 있을 뿐입니다.

참모습

하늘엔 흰 구름이
무심한 세월이여.

바람은 서늘하고
별빛은 찬란한데

꽃잎이 떨어지니
여름도 곧 가겠지.

모든 것이 변하니
세상 또한 변하고

새소리 물소리에
산사는 그윽하고

노을 붉게 물드니
해 서산에 기우네.

마음의 평화는 스스로의 마음에 귀를 기울여 자신의 참모습을 발견하는 일입니다. 생각이 끊어지고 모든 반연攀緣이 쉬어지면 마음의 평화를 얻을 수 있을 것입니다. 마음이 평화로우면 당신이 서 있는 그 자리가 바로 행복한 자리임을 꼭 기억하시길 바랍니다.

힘은 스스로가 내는 것입니다. 밝은 생각을 하면 바로 밝아지고 힘을 내면 바로 힘이 나는 이치는 진리입니다.

자신을 돌보는 일

햇빛과 물 바람이
여름 숲을 이루고

스님이 화합하여
청정한 사원이네.

산사의 전각들은
호법의 신장이며

산속의 생명들은
천축산을 지키네.

봄이 오면 푸르고
겨울 되면 잎 지고

또다시 봄이 되니
여기가 극락이네.

—

여러분들의 삶은 여러분들 자신이 챙기고 아름답게 가꾸어 가는 것입니다. 나 자신이 즐겁고 유쾌하면 그 파장이 주변 모든 사람들에게 흘러 들어갑니다.

내 인생을 남이 대신 살아 줄 수 없으며, 자신의 인생은 자신이 책임질 수밖에 없습니다. 그래서 자신을 돌보는 일을 철저하게 해야 합니다. 나 자신이 건강하고 행복해야 그 사랑과 행복을 가족과 이웃에게 전해 줄 수 있으니, 자신을 돌보는 일이 실은 타인을 돌보는 일이 됩니다. 나와 함께 하는 모든 사람들을 예경하고 칭찬하고 공양하고 수희 찬탄하는 하루 이어 가시길 기원합니다.

착한 마음

서편 하늘 먹구름에 해 가리고
해 저물자 달 그림자 길어지네.
여름 한더위에 정진 또한 깊어 가고
스님들은 더욱 한가롭고 자유롭네.

불법佛法은 우리 생활 속에서 가장 필요한 참가르침입니다. 불법의 핵심은 나쁜 마음을 그치고 착한 마음을 내는 것입니다. 이는 자신의 한 생각을 다스리는 것에서부터 시작됩니다. 법의 가르침을 통해 매 순간 내 마음 안에서 일어나는 망상을 잘 다스리길 바랍니다. 지금에 집중함으로써 모든 망상을 놓을 수 있습니다. 그리고 선과 악의 근본을 깨달으면 바로 자유로운 삶에 진입할 수 있습니다.

조건 없는 사랑

시대는 흥망성쇠가 있고
사람은 생로병사가 있네.
우주는 성주괴공成住壞空이 있고
생각은 생주이멸生住異滅을 하네.

만나면 헤어지고 헤어지면
또 만나니 세상의 이치이고
성함은 쇠함이 있고 쇠하면
성함이 있듯 이 또한 그러하네.

세상은 이러히 순환하여
끝없이 돌고 도는 것이라네.
법의 진리는 생멸하지 않아
끝도 시작도 생사도 없고

오늘이 내일이며 내일이
바로 지금 이 순간이라네.
해는 서산으로 떨어지고
또다시 동으로 떠오르네.

—

언제나 단순하고 자연스러운 것이 사람들에게 감동을 줍니다. 남을 진정으로 사랑하는 뜨거운 마음이 없이는 그 어떠한 위대한 일도 해내지 못합니다. 부처님이나 보살이나 중생을 사랑하는 뜨거운 마음이 있었기에 조건 없는 평등한 사랑을 베푸는 것이라 생각합니다.

이 뜨거운 한여름에 여러분들도 조건 없는 뜨거운 사랑을 매 순간 베풀어 보시길 권합니다. 지금 이 순간이 지나면 시간은 다시는 돌아오지 않기 때문입니다. 결코 후회하지 않는 매 순간의 진실한 삶을 창조해 가시길 응원합니다.

법회선열

천축선원 하늘에 보름달 뜨니
어두움은 일시에 사라지고
선원 빈 뜰에 달 그림자 어리니
새들은 달빛 따라 그 속에서 노니네.

선원 스님들 여름 안거 마치니
흰구름 벗삼아 걸망 지고 길을 나서네.
바람 따라 물 따라 길을 나섰지만
가고 오는 그 주인은 본래 가지도 오지도 않았네.

—

어제는 하안거를 해제하고 백 일간의 금강경 독송 기도도 회
향을 하였습니다. 회향 기도 삼 일 동안 산문 안에는 법회의
선열로 환희함이 가득했습니다. 많이 행복하고 감사했습니다.
이 수승하고 장엄한 법회를 회향한 인연 공덕으로 우리가 사
는 지구촌이 하루속히 청정해지고 전쟁과 질병과 기근이 없
는 평화로운 정토가 되기를 발원합니다. 모든 생명 존재들이
평화로움 속에서 행복하기를 간절한 마음으로 발원합니다.

좋은 생각

천축산 봉우리에 먹구름 지나가더니
한바탕 여름 소나기 쏟아지고
골짜기마다 물안개 피어오르더니
흘러내리는 계곡마다 물이 가득하네.

도량에 핀 배롱나무 붉은 꽃잎은
빗줄기에 떨어져 도량을 수놓고
먹구름 걷히자 맑은 바람 일고
산사는 더욱 고요하고 한가롭네.

—

하안거 해제를 하고 난 불영산사는 참으로 조용하고 한가롭
습니다. 해제를 하였다고 해서 정진을 멈춘 것은 아닙니다. 해
제 기간은 스님들이 그동안의 공부를 재점검하는 아주 중요한
시기입니다. 불영산사도 산철 동안 정진을 하고 있습니다.
하나에 하나를 더하면 둘이 되는 것처럼, 좋은 생각에 좋은
생각을 더하고 행동으로 실천하면 마르지 않는 샘물처럼 복이
된다는 사실을 반드시 기억하십시오.

창조

법계의 불변한 진리는
우주에서 꽃비 되어 내리고
하나라는 개체의 존재는
그 자체로 전체가 되어
다시 하나로 합쳐진다.

은하계와 우주도 하나가 되어
수많은 별들과 함께 빛나고
개개인의 마음달도 전체에서
하나로 연결되어 세상에서
빛을 발하며 드러내고 있다.

밤이 깊을수록 달빛은 더욱 밝고
선원 뜰 앞의 노송은 더욱 우뚝하다.
여름 매미 소리는 도량을 깨우고
스님들 정진 또한 익어 가고 있다.
산은 늘 푸르고 물은 늘 흐르네.

―

'7'이라는 숫자에 불과한 한 달이 어느새 훌쩍 지나갔습니다. 벌써 팔월의 첫날이 시작되었습니다. 한 달을 돌아보고 어제를 돌아보고 지금 이 순간을 바라봅니다. 지금 일으킨 한 생각이 내 인생을 매 순간 창조하고 있다는 사실을 기억하시리라 믿습니다.

생각은 말을 창조하고,

말은 행동을 창조하고,

행동은 습관을 창조하고,

습관은 성격을 창조하고,

성격은 내 인생의 운명이 된다는 것을 여러 번 강조하였습니다. 여러분들의 인생은 다만 자신에 의해서만 만들어지고 창조됩니다. 그래서 지금 현재의 한 생각은 매우 중요합니다.

내려놓기

여름밤은 깊어 가고
매미 울음 요란한데
봄을 만나지 못해
꽃을 피우지 못하였네.

산승은 모든 것을 놓고
무심삼매에 들어가고
보름달은 밝기만 한데
달 그림자는 찾을 길 없네.

—

여러분들의 삶은 여러분들 자신이 만들어 갑니다. 오늘도 기
쁜 마음으로 매 순간을 살아가시길 부탁드립니다. 내 마음이
기쁘면 세상도 따라서 기쁨으로 충만할 것입니다. 어제 일은
이미 다 지나갔으니 그냥 내려놓으시고, 지금 현재 일념一念에
최선을 다해 집중하시길 바랍니다.

3부

꽃이 진 자리마다

열매가 익어 가고

평등

텃밭의 고추 붉게 익어 가고
늦은 여름 햇살 따사로운데
스님들 땀 흘리며 울력하고
산은 어제와 다름없이 푸르네.
물은 서쪽에서 동으로 흐르네.

—

모든 일의 성공은 공평함과 정당함에서 오고, 모든 일의 실패는 치우친 사사로움에서 옵니다. 눈앞의 모든 일에 만족할 줄 아는 이는 신선의 경계이지만, 만족할 줄 모르는 자는 범부의 경계라고 할 수 있습니다.

세속적인 시각으로는 일체가 모두 다르지만 도道의 시각으로는 일체가 절대 평등합니다. 평등한 자리에서 보면 높고 낮음이 없고 귀하고 천함이 없이 일체가 다 평등하다고 부처님께서 말씀하셨습니다. 상대의 생명을 자신의 생명처럼 귀히 여겨 존중하고 현재 주어진 모든 것에 만족하고 감사한 마음 내시길 바랍니다.

긍정적인 사고

산은 스스로 푸르고
깊어서 은은하고
물은 절로 흐르고 흘러서
불영을 감싸고 흐르네.

며칠 동안 쉬지 않고 내린 비는
여름마저 보내고
어느새 나는 빗줄기와
하나가 되어 있네.

—

"믿고 첫걸음을 내디뎌라.

계단의 처음과 끝을 다 보려고 하지 마라.

그냥 발을 내디뎌라."

미국의 인권 운동가 마틴 루터 킹 주니어가 한 말입니다.

자신을 믿는다는 것은 쉽지 않습니다. 그러나 자신의 마음을
백 퍼센트 믿어야 긍정적인 사고로 빠르게 바뀝니다. 일상에
서 긍정적인 사고는 우리가 살아가는 데 최고의 활력소가 될
것입니다.

비가 계속 내리고 있습니다. 조용히 내리는 비는 도량을 차분
하고 고요하게 합니다. 오늘 하루를 차분하게 그려 보는 것은
어떨까요?

깨어남의 순간

천축산 봉우리에
해는 떨어지고
새벽의 맑은 기운은
선불장 뜨락에 내리네.

어젯밤 내린 비에
백일홍 꽃잎 땅에 흩어지고
텅 빈 산 숲에는 산새들만
춤을 추며 노래하네.

—

힘을 얻는 진정한 비결은 힘을 의식하는 데 있습니다. 예를 들어 "나는 행복하다."라고 몇 번만이라도 의식하고 생각하면 바로 행복해지듯이, 의식이 깨어 있고 열려 있는 상태에서 현재에 몰입하면 자기 자신이 무슨 생각을 하고 있는지 알 수 있고 통제도 할 수 있습니다. 여러분들의 힘은 바로 여기에 있습니다.

그러면 어떻게 해야 자신의 의식이 깨어나게 될까요? 방법은 잠시 생각을 멈추고 이렇게 스스로에게 묻는 것입니다. "내가 지금 무슨 생각을 하고 있지? 무엇을 느끼고 있지?" 스스로에게 묻는 순간 여러분들은 바로 깨어나게 됩니다. 왜냐하면 자신의 마음을 현재 시점으로 되돌려 놓았기 때문입니다. 무언가를 진심으로 원할 때 '현재 지금 이 순간'을 의식하시기 바랍니다. 진정한 힘은 그 힘을 의식하는 데 있습니다.

행복해지는 법

늦은 여름 매미 소리 아직 요란하고
산새들이 노래하는 천축산의 향연
스님들 정진하고 신도들 보살행 닦는
살아 숨 쉬는 정토도량.

나라도 태평성대하고 자연도 조화를 이루어
뭇 생명들 자유를 얻네.
천축산을 벗 삼아 산은 늘 푸르고
불영사 계곡 물은 쉼 없이 흐르네.

—

만약 부처님께서 이 세상에 다시 나오신다면, 우리에게 돈을
많이 벌 수 있는 비책보다는 돈이 없어도 참으로 행복해지는
방법을 일러 주시지 않을까 생각합니다. 돈을 많이 벌 수 있는
방법은 일시적 방편은 될지 몰라도 영원한 진리는 아니기 때
문입니다. 부처님은 중생들의 문제를 해결해 주기보다는 행복
해지는 방법 또는 고통의 원인을 일깨워 주는 위대한 분이십
니다. 불교의 진정한 목적은 부처님처럼 사는 것이 아니라 자
신의 마음을 바로 깨닫는 데 있습니다.

자연의 변화

천축산에 산열매
도토리 익어 가고

텃밭엔 가을 채소
고추도 붉게 익네.

가을 산들바람에
배추 무 잘 자라고

스님들 수행 정진
끝없이 이어 가네.

불영지의 어리연
여전히 아름답고

무영의 탑 그림자
온 도량에 잠기네.

—

결실의 계절, 아름다운 가을이 우리 모두의 곁에 찾아들었습니다. 이 아름다운 나날을 맞이할 수 있음에 환희로움과 축복, 그리고 감사함과 법희가 충만합니다. 자연의 변화는 아름다움을 만들어 내고, 저 또한 자연을 벗 삼아 나날이 환희로움으로 최선을 다하고 있습니다. 이 모든 것에 깊은 감사의 마음을 내어 봅니다.

우리 모두 부처님의 절실한 가르침에 의지하여 하루하루 최선을 다하고, 나와 함께 하는 모든 생명 존재들을 깊이 예경하고 칭찬하고 수희 찬탄하는 하루하루 되길 간절한 마음으로 기원합니다. 세상의 평화와 진정한 행복을 발원합니다.

끝없는 축복

먹구름 걷힌 가을 하늘은 푸르고
산 숲에는 새들이 자유롭게 노니네.
계곡 물은 동으로 쉼 없이 흐르고
흐르는 물은 산과 마주하고 있네.

천축산에는 산열매 익어 가고
들에는 곡식들이 익어 가네.
불영 텃밭에는 배추 무 익어 가고
스님들 또한 가을 정진 익어 가네.

―

우리의 생명은 신비하기 그지없습니다. 하나의 생명체에는 수많은 신비함과 귀함, 소중함이 담겨 있습니다. 오로지 하나밖에 없는 내 귀한 생명 존재를 한없는 사랑으로 끝없는 축복으로 보살피기를 희망합니다. 그리고 나와 함께 하는 모든 생명에게도 끝없는 축복과 한없는 존중을 그리고 깊은 사랑과 감사를 보내 보시길 희망합니다.

며칠 지나면 민족 최대의 명절 한가위입니다. 오랜만에 가족 친지들이 한자리에 모이는 환희로운 날입니다. 가족과 깊은 사랑 나누고 서로 배려하고 용서함으로 더욱 화목하고 다정다감한 추석 명절 보내시기를 축원 올립니다.

자비와 감사

보는 곳마다 빛이요 깨달음이니
두두물물 자비의 모양 아님이 없네.

한가위의 둥근 달은 삼라만상을 비추고
개개인의 마음달은 스스로를 환히 밝히네.

한 생각의 빛을 돌이키면
보고 듣는 곳마다 깨달음의 모양이요

마음으로 스스로를 환하게 비추면
마음 부처의 모습 아님이 없네.

—

하나의 등불이 꺼지고 온갖 소리가 없을 때 고요하고 편안한 것처럼, 여러분들도 깨어 있을 때나 움직일 때 한결같이 평상심을 유지할 수 있다면 이 세상 보는 것마다 듣는 것마다 아름답지 아니한 것이 없을 것입니다. 마음을 자비함에 두면 세상도 자비로움으로 가득하고, 마음을 감사함에 두면 세상도 감사함으로 가득하게 될 것입니다.

고맙습니다.
감사합니다.
공경합니다.
존경합니다.

진실한 삶

붉은 노을 서산 능선에 잠기고
가을 밤하늘은 점점 깊어 가는데
어느새 보름달 달빛 솔가지에 걸리고
산새들 달 그림자에 놀라 잠에서 깨네.

인생은 지극히 짧으나, 여러분들의 진실한 삶은 영원히 이어집니다. 오히려 장엄하고 순수하며 아름답습니다. 다만 지금 이 순간에 집중 몰입함으로 인생은 매 순간 빛을 발할 것입니다. 왜냐하면 지금 이 순간이 없는 내 삶은 존재하지 않기 때문입니다.

저는 추석날 저녁 휘영청 밝은 보름달을 보며 선덕 스님들과 늦도록 포행을 했습니다. 여러분들의 마음속에 있는 큰 원들이 성취되길 간절히 기원하고 세상 평화를 발원했습니다. 이번 추석 명절 준비하느라 수고하신 어머님들과 주부 여러분들께 고생하셨다는 감사의 인사를 드리고 싶습니다. 참으로 수고하셨습니다.

불성

꽃이 지니 또다시 꽃이 피고
달이 지니 또다시 달이 뜨네.
가고 오고 오고 가는 진리를 알아야
비로소 자유로움을 얻네.

선禪은 어떠한 현실도 피하지 않습니다. 결코 피해 갈 수가 없습니다. 선과 나와 현실은 별개가 아니라 한 마음에서 나오기 때문입니다. 다만 어떠한 환경 속에서도 나쁜 경계에 물들지 않고 사람으로서의 도리를 다하고자 노력하는 것은 각자의 몫입니다. 나라는 존재가 이 세상에 존재하는 한 나와 세상 그리고 모든 존재들과 늘 함께한다는 뜻입니다.

부처님께서는 생명 있는 모든 존재들은 불성을 지니고 있기 때문에 그 어떠한 생명도 죽여선 안 된다고 하시며 인과의 결과가 분명하다고 말씀하십니다. 살아 있는 모든 생명을 귀히 여기고 존중해야 합니다. 그래야 모든 생명들이 당신을 존중하고 귀히 여길 것입니다.

가을이 익어 가는 시간

꽃이 진 자리마다
열매가 익어 가고
익은 열매는 사람들을
익어 가게 하네.

시간이 흐르고
세월이 물처럼 흘러도
사람의 본성은
늘 그 자리에 있네.

꽃이 진 자리는
다음 봄을 잉태하고
잉태한 봄은 다시
만물을 살찌우네.

—

가을이 깊어 가면서 사람도 따라서 익어 가고 있습니다. 천축 산에 감이 빨갛게 익어 가고 밤이 익어 가고 도토리와 머루, 다래가 익어 가는 아름다운 가을입니다. 온 산천의 들녘은 황 금빛으로 물들어 가고 여러분들은 오늘 하루를 아름답게 물 들이고 있습니다. 깨끗한 가을 하늘처럼 오늘도 맑고 건강한 하루 이어 가시길.

그리워할 시간

향을 피우고 차를 달여
청향헌에 포단蒲團 깔고 앉으니
가을 찬 이슬은 오죽 잎새를 적시고
녹차 향은 청향헌 뜨락에 가득하네.

가을 밤하늘에 별들은 널려 있고
소나무 달 그림자 구름에 어리네.
텅 비어 티끌 한 점 없는 맑은 마음이여
밤이 새도록 포단에서 선경禪境을 이루네.

『법화경』에서 상불경보살常不輕菩薩은 만나는 사람마다 정성껏 절을 올리며 "나는 당신을 가볍게 보지 않습니다. 왜냐하면 당신은 불성을 지니고 있기 때문입니다."라고 했다고 합니다. 상불경보살은 중생들이 각자 불성을 지니고 있음을 알지 못하는 것이 안타까워 눈물을 흘리며 울고 있었기에 상제常啼보살이라고도 합니다.

사람들은 대부분 지나가 버린 시간만 좇아 그리워하거나 아쉬워하며 살아가고 있습니다. 그러나 지금 이 시간도 지나고 나면 또다시 그리워할 시간임을.

지금 이 시간은 너무도 소중하기에 성실하게 최선을 다해야 합니다. 상불경보살처럼 생명 있는 모든 존재들에게 공경과 찬탄의 마음을 내어 보시길 바랍니다. 축복의 힘과 찬탄의 에너지는 모든 부정적인 생각을 녹입니다.

나

산이 푸르니 가을꽃은 더욱 선명하고
물이 흐르니 산골은 더욱 깊어라.
본래부터 한 물건도 없는데
어디에 봄이 있고 가을이 있으랴.

만겁을 지났지만 옛날이 아니며
백년을 나아가도 바로 지금이라
산은 산 그대로 늘 푸르고
물은 물 그대로 늘 흐르네.

—

지금 이 순간순간이 모여 '나'라는 인생이 완성됩니다. 지금
이 순간이 존재하지 않으면 '나'라는 인생도 존재하지 않습니
다. 지금 이 순간의 삶이 매우 소중하고 중요하기에 단 한순간
도 소홀히 할 수가 없습니다. 이 일념 속에 여러분들의 삶 전
체가 포함되어 있으니 항상 일념에 집중하시길 바랍니다.

흔들림 없는 믿음

산은 절로 푸르고
물은 절로 흐르는데
맑은 바람은 도량에 흩어지고
산 능선에 흰 구름은 돌아가네.

가을 꽃 그림자 영지에 잠기고
가을 풀벌레 소리 요란한데
맑고 청명한 가을 하늘은 무심하고
봄 지나니 여름 가고 또다시 가을이네.

—

흔들림 없는 믿음은 내 인생에 크나큰 선물을 안겨 줍니다. 필요한 것은 지금 내가 하고 있는 한 생각입니다. 그 한 생각이 행동으로 이어지고 결국은 내 인생이 되어 세상을 만들어 갑니다. 즉 그 한 생각이 지금 이 세상을 창조하고 있다는 것입니다. 과연 어떠한 생각이 내 인생을 이롭게 하고 세상을 이롭게 할 것인지는 당신에게 달려 있습니다. 인류가 창조하고 발명한 모든 것은 한 생각에서 비롯되었다는 사실을 기억하시길 바랍니다.

영원한 자유의 길

고요하고 한가로운 산사에
가을비 촉촉하게 내리고
내 마음 가을비와 같아
맑고 푸른 불영지에 내리네.

불영산사는 가을비에 젖고
구름에 가린 저녁노을은
천축산 서쪽 능선으로 넘어가는데
법영루의 범종 소리 저녁예불 알리네.

지금 현재 당신의 한 마음에서 세상사는 매 순간 창조되고 당신의 인생도 또한 창조되고 있습니다. 마음이 고요하지 않으면 일체가 어지럽고, 어지러운 마음은 번뇌 망상을 조복調伏하기 어렵습니다. 어지러운 마음은 욕심과 집착에서 생겨나며, 집착은 바로 고통입니다.

불교의 핵심 가르침은 모든 집착과 고통에서 해방되는 영원한 자유의 길을 일러 주고 있습니다. 그 길은 끊임없이 일어나는 욕망과 욕심, 집착 그리고 '나'라는 상相을 비우는 작업입니다.

완전한 집중

청명한 하늘에 먹구름 이니
갑자기 비 쏟아져 내리고,
맑은 바람 만나 먹구름 흩어지니
텅 빈 하늘에 밝은 태양 머금었네.

—

여러분들이 가장 행복한 때는 언제인가요? 미래의 원대한 목
표보다는 현재 하고 있는 일에 완전히 집중 몰입한 상태가 아
닌가 생각해 봅니다.

생각은 현실을 만들어 갑니다. '좋은 생각은 세포를 깨워 몸을
살리지만, 나쁜 생각은 체액을 탁하게 해서 병을 만든다.'고
합니다. 불안과 분노, 원한 같은 부정적 감정들은 병을 악화시
킨다는 사실도 이미 밝혀졌습니다. 지금 현재의 생각을 잘 살
피고 다스려야 당신이 행복해집니다. 그 생각이 우주 간에 스
며들어 바로 현실을 만들어 내기 때문입니다.

일상으로의 복귀

천축산 자락 안에 가을이 찾아들고
가을비 바람결에 전각이 젖고 있네.

산골짜기 골마다 물안개 오르고
스님들은 면벽에 오늘도 무심하네.

금강송 솔잎마다 빗방울 맺혀 있고
가을 꽃잎 날리니 선원 뜨락에 앉네.

—

가을 태풍으로 피해를 입은 모든 분들께 깊은 위로와 위안의 말씀을 보냅니다. 얼마나 고통스럽고 힘드신지요? 어서 빨리 복구되어 일상으로 편안하게 돌아올 수 있으면 좋겠습니다. 어떠한 어려움과 고통이 있더라도 인내하는 마음으로 잘 견디시길 바랍니다. 그리고 수해 복구 작업에 구슬땀을 흘리며 애쓰고 계신 모든 봉사자 분들께 깊은 감사의 인사를 드립니다.

주인공

청향헌에 비가 내린다.
금강송 노송 위에도 불영지에도
만물이 깨어나는 이른 아침에
처마 끝에 떨어지는 빗소리에
새벽잠에서 깨어나고
만물도 서서히 깨어난다.

억겁의 인연으로 이루어진
법의 진리 속에서 만상이 깨어나고
또다시 하루를 시작한다.
생명 있는 모든 존재들이
법의 소리 들을 수 있기를
간절히 발원해 본다.

—

지금 현재 여러분들은 행복하십니까? 지금 현재 살아 있다는 것은 축복이며 기적입니다.

눈으로 볼 수 있다는 것,

귀로 들을 수 있다는 것,

코로 냄새를 맡을 수 있다는 것,

혀로 음식을 맛볼 수 있다는 것,

몸으로 좋고 나쁜 것을 느낄 수 있다는 것,

뜻으로 모든 생각을 할 수 있다는 것,

그리고 가장 중요한, 당신의 마음이 육근六根의 모든 것을 지금 이 순간 다스리고 있다는 사실을 반드시 기억하시길 바랍니다.

마음이 눈의 주인이며 생각의 주인이며 입의 주인이며 모든 행동의 주인입니다. 그 마음을 잘 다스리는 것이 참수행이며 이 세상에서 주인공으로 살아갈 수 있는 유일한 길입니다.

가을 향기

알밤이 떨어지는 소리에
새들은 화들짝 놀라고
가을 하늘에 뭉게구름은
하염없이 옮겨 다니네.

불영산사의 종소리는
뭇 생명들을 깨우고
스님들의 면벽 참선은
본래면목의 마음자리를 깨우네.

풍요로운 가을 향기가 온 도량에 가득합니다. 천축산 자락의 나무 잎새는 오색단풍으로 물들기 시작하였습니다. 산에는 가지가지의 열매들이 익어 가고 불영사 텃밭에는 김장할 배추 무 고추 고구마 등이 잘 익어 가고 있습니다.

이 풍요롭고 아름다운 계절에 여러분들과 아침마다 소통할 수 있음에 지극히 감사하고 또 감사합니다. 저는 언제나 여러분들의 건강과 행복, 마음의 평화와 소원 성취를 위해 기도하고 있습니다. 오늘도 건강하고 행복하시길 그리고 가족 모두 무탈하고 평온하시길 기도합니다.

환희의 미소

뭇 생명들의 청정한 마음이여
맑고 푸른 가을 하늘과 같아라.
천축산 숲에는 산새들의 노래 흥겹고
불영계곡의 물소리는 어제와 다름없네.

—

어제는 불영사 주변의 어르신들을 모시고 가을 잔치를 열었습니다. 어르신들의 환희에 찬 미소를 보면서 많이 흐뭇하고 뿌듯했습니다.

웃으면 복이 온다는 말처럼, 행복해서 웃는 것이 아니라 웃다 보니 행복해질 수밖에 없다는 이치를 알았습니다. 많이 웃으면 복을 많이 부르고 적게 웃으면 복을 적게 부르게 됩니다. 여러분들이 웃으면 상대도 세상도 내 편이 되기 때문입니다.

평화로운 삶

하늘은 텅 비어 끝없이 푸르고
도량은 청정하여 티끌 한 점 없네.
산새들은 잠들어 산 또한 고요하고
계곡 물소리는 산 밖으로 쉼 없이 흐르네.

—

오늘도 가족과 이웃들을 위해 자비로운 마음으로

예경하고

칭찬하고

공양하고

참회하고

수희 찬탄하는 하루 이어 가시길 응원합니다.

이 아름다운 가을날, 우리 모두의 건강한 삶과 평화로운 삶을 위해 양보하고 격려하고 인내하고 배려하는 하루 이어 가시기를.

가을 수확

산빛의 오색 물결
한 조각 가을 소리
새들은 하늘을
벗 삼아 날고

저 나무 끝 가지의
오색단풍 잎새는
세상의 무상함을
노래하며 깨우네.

무정한 세월 또한
물을 따라 흐르고
여름은 이미 가고
가을도 깊어 가네.

—

가을이 점점 깊어 가는, 참으로 아름다운 절기입니다. 하늘은 매우 맑고 깨끗하여 청명한 하루하루를 맞이할 수 있음에 기쁘기 한량이 없습니다. 산에서는 산열매가 익어 가고 땅에서는 감이며 밤, 모과, 석류가 익어 가는 결실의 계절입니다.

산사에서는 봄부터 농사지은 감자, 고구마, 토란, 고추, 들깨 등을 이미 수확했고 지금 텃밭에는 배추와 무가 가을 바람에 건강하게 잘 자라고 있습니다. 겨울 안거가 시작되면 스님들의 양식이 되어 줄 채소들이기에 더욱 소중하고 감사한 마음입니다. 이 아름다운 오늘을 맞이할 수 있어 여러분 한 분 한 분과 기쁨을 나누고 싶습니다.

정직한 마음

가을이 익어 간다.
따라서 나이도 익어 가고
세월 또한 익어 간다.
사람들 또한 익어 가고 있다.

가을비에 산빛이 익어 가고
바람에 익은 낙엽 떨어진다.
늦가을 천축산은 텅 비어 익어 가고
흘러가는 물 또한 익어서 내려간다.

―

『정명경』에 이르기를 '직심直心이 시是 도량道場이요 직심直心이 시是 정토淨土'라고 하셨습니다. 바르고 정직한 마음이 도량이 며 바르고 정직한 마음이 부처님 정토 세상과 같다는 의미입 니다.

시간과 세월은 본래 텅 비어 공空하지만 흘러가는 물을 잡을 수 없듯 흘러가는 시간 또한 막을 수 없다는 것을 잘 아시리 라 생각합니다. 지금 이 순간이 참으로 소중하고 귀한 순간입 니다. 이 세상의 모든 생명 존재들을 극진히 사랑하고 변화하 는 모든 자연현상을 지극히 사랑합니다.

수험생을 위한 편지

가을 단풍 그림자
맑은 영지에 비치고
그윽한 가을 향기
연못 위에 떠다니네.

해가 저물자 새들은
가지 위에 잠들고
선불장의 수행자는
한가로움 밖에서 노니네.

—

점점 저물어 가는 아름다운 늦은 가을날을 시로 표현하였습니다. 시절의 변화는 한 치의 오차도 없이 어김없이 찾아들고, 사람들의 삶도 한 치의 오차 없이 지은 대로 살아가고 있습니다. 영지를 붉게 물들인 천축산의 초목과 감나무며 단풍나무들이 가을을 보내고 겨울을 준비하느라 몸을 보호하고 생명을 보호하려 노력하는 모습이 참으로 배울 만합니다.

이제 내일이면 대학수학능력시험을 치를 우리 대한민국의 미래들에게 큰 격려와 염원을 보내 주시길 바랍니다. 여러분들의 꿈은 반드시 이루어집니다. 절대로 포기하지 말고 끝까지 힘내십시오.

우아함과 친절함

아침 햇살에 불영의 만상은 드러나고
가을 향기 속에 뭇 생명들은 노래하네.
하늘과 땅, 해와 달과 별을 의지하고 사는
수행자들이여 이곳이 바로 극락이라네.

—

내가 웃으면 세상도 따라서 웃고, 내가 괴로우면 세상도 또한
괴롭습니다. 내가 웃어야 내 삶이 행복해지고 함께하는 상대
의 삶도, 세상도 행복해집니다. 우아함과 친절함으로 그리고
당당함과 겸손함으로 오늘 하루 최선을 다하시길 기원합니다.

4부

진여 마음 성성하여

걸림이 없네

오늘

천축산에는 낙락장송이 즐비하고
구도자의 발길은 천축선원에 머물렀네.
보름달은 크고 밝아 도량을 비추고
마음달은 우주 법계를 삼키고 있네.

마음거울 투명한 빛 진실함이여
그 빛은 누구에게나 갖추어져 있네.
태어나기 이전의 소식을 알고자 하는가.
산은 늘 푸르고 물은 늘 흐른다.

—

당신 삶의 전부는 오늘을 중심으로 펼쳐지고 있습니다. 오늘 내가 무너지면 내 삶도 무너지고 반대로 오늘 내가 일어서면 내 삶도 일어서게 됩니다. 내 인생의 전부는 지금 이 순간부터 시작되기 때문입니다.

기적이란 하늘을 날거나 바다 위를 걷는 것이 아니라 땅에서 발을 딛고 걸어 다닐 수 있는 것이라고 말합니다. 여러분들은 지금 건강한 그 자체로 행복한 삶을 살고 있다고 생각하지 않는지요. 지금 건강한 몸과 마음으로 생활하고 있는 자신에게 무한한 감사와 무한한 경의를 내어 보시길 바랍니다.

해탈법

마음달이 스스로 밝으니
하나가 일체요 일체가 곧 하나이네.

진여법계의 진여법성이 본래 청정하여 둘이 아니니
모든 생명 존재가 또한 하나이네.

영지에 비친 달 허공에 떠 있고
허공의 밝은 달은 영지에 잠기네.

—

『신심명』에 나오는 내용입니다.

삼조 승찬대사에게 사미 도신이 물었습니다.

"대화상이시여, 원하오니 대자대비로 해탈법을 일러 주십시오."

"누가 너를 결박 지었는가?"

"아무도 결박 짓지 않았습니다."

"그런데 다시 무슨 해탈법을 따로 구하느냐?"

이 말씀에 도신이 크게 깨닫고 구 년 동안 삼조 대사를 모시다가 길주에서 계를 받고 시봉에 더욱 충실했다고 합니다.

자고로 일체 만법은 여러분들 마음 안에서 나왔기 때문에 그 마음을 떠나서는 어떠한 법도 진리도 존재하지 않습니다. 그리고 그 어떠한 사람도 나를 결박하거나 나에게 고통을 주지 않습니다. 즐거움도 고통도, 좋고 나쁨도 지금 현재 여러분들의 마음이 그렇게 만들어 가고 있다는 뜻입니다.

마음이 즐거우면 세상 또한 즐겁고 마음이 행복하면 세상 또한 행복합니다. 지금 현재 일어나는 마음을 잘 살피길 바랍니다. 지금 현재 당신의 마음이 어디를 향하고 있는지를 바로 아는 것이 진정한 수행입니다.

양심

밤하늘을 수놓은
수많은 별들
오늘은 서로에게
정답게 말을 건네네.

밤이 깊어질수록
정은 더욱 깊어 가고
내 마음은 어느새
그와 하나가 되네.

—

『채근담』에 있는 유명한 일화를 소개합니다.

동한東漢 시기에 왕밀이 창읍 현령으로 있었는데 깊은 밤에 큰 돈을 양진에게 뇌물로 바치면서 이렇게 말했습니다. "깊은 밤이라 아는 사람이 없습니다." 그러자 양진이 이렇게 대답했습니다. "하늘이 알고 땅이 알고 내가 알고 자네가 아는데, 어떻게 모른다고 할 수 있는가?" 결국 양진은 뇌물을 단호히 거절하고서 자기의 청렴을 지켜 내었다고 합니다.

지금 내가 하는 행위는 자신 스스로가 가장 잘 압니다. 모든 사람을 다 속일 수 있어도 자신의 양심을 속일 수는 없습니다. 자신의 양심을 속이지 않는 행위가 내가 살아가는 데 당당하고 자유로운 삶의 향기가 되리라 생각합니다.

김장 울력

가을 끝자락의 오후
청향헌 처마 끝에서
빗물 떨어지는 소리에
밖을 바라보니
봄비처럼 비가 내린다.
고요하고 조용한 도량에
비 오는 소리가 정겹다.

온 가을 내내 산천을
눈부시게 장식했던
고운 나무 잎새들이
이번 빗물에 낙엽 되어
도량 곳곳에 쌓여 가고
감나무에는 아직 감이
여러 개 달려 있다.
까치밥으로 감을
남겨 놓았기 때문이다.
비가 내리고 있는 불영의 풍광이
아름다움으로 운치를 더하고 있다.

창문틀도 빗물에 젖고

오죽 잎새들도 빗물에 젖어

청향헌은 씻은 듯이 깨끗하고

영지 위로 쉼 없이 떨어지는 빗줄기가

아마도 가을을 보내고

겨울을 맞이하기 위함이리라.

어느새 불영도 나도 하나가 되어 있다.

—

비가 올 줄 알고 어제 텃밭에서 김장할 배추와 무 천오백여 포
기를 뽑아 두었습니다. 미리 뽑아 두기를 정말 잘했다 싶습니
다. 삼백여 포기는 그냥 밭에 두었습니다. 동안거 정진 대중 스
님들께 배춧국이나 배추수제비, 배추찌개, 배추옹심이 등을
만들어 드리기 위해 남겨 둔 것입니다. 오늘과 내일은 김장 울
력을 하는 날입니다. 기쁜 마음으로 함께하겠습니다.

겨울 문턱

바람은 쌀쌀하고 서산 해 저무는데
운수행각 발길은 아직도 끝이 없네.

산 따라 물 흐르고 물이 흘러 머문 곳
오늘도 하염없이 내 길을 가고 있네.

보름달 비추니 도량은 대낮 같고
산에는 뭇 새들이 노래하며 춤추네.

—

오늘은 동안거 결제 날입니다. 안거는 수행자들이 일정 기간 한 곳에 모여 수행하는 것을 말합니다. 여름 삼 개월 동안 행하는 것을 하안거夏安居, 겨울 삼 개월 동안 행하는 것을 동안거冬安居라고 합니다. 안거 중에는 일체의 외출을 금하고 엄격하게 계율과 청규를 지키며 수행 정진에만 전념하게 됩니다. 이번 동안거 기간에도 불영사 천축선원에서는 철저히 산문 안에서 계율과 청규를 지키며 오후불식으로 수행 정진에만 집중하게 됩니다.

그렇게 화려했던 가을 풍광은 어느새 물러가고 나뭇잎들은 낙엽이 되어 도량 곳곳에 쌓여 가고 있습니다. 어제는 첫눈도 내렸습니다. 이제 완연한 겨울 문턱에 들어선 듯합니다. 자연의 절기 변화는 삼라만상의 무상함을 있는 그대로 보여 주는 듯합니다. 오늘도 내면의 자신과 만나는 소중한 하루를 이어 가시길.

인생이란

가슴속에 기쁨이 가득한 사람은
매 순간 행복한 사람이며
마음속에 진리가 가득한 사람은
매 순간순간 분별을 하지 않네.

인간의 궁극적인 목적은 행복입니다. 그런데 사람들은 행복한 삶을 뒤로하고 서로 다투고 미워하고 시기 질투하고 원망하며 살아가고 있습니다. 눈에 보이는 물질 현상은 시시각각 변하여 영원하거나 진실하지 않은데, 그 어떠한 것을 내 것이라 하고 그 어떠한 것을 내 것이 아니라고 할 수 있겠습니까. 어차피 인간 백 년, 때가 되면 다 놓고 가는 것을. 심지어는 당신의 몸까지도. 그 무엇을 욕심내고 시비하며 살아간다는 것은 시간 낭비라 할 수밖에 없습니다.

본시 인생이란 허허롭고, 참으로 빈손으로 왔다가 빈손으로 가는 것인데, 가는 세월을 그 누가 멈추게 할 수 있을 것이며, 오는 세월을 그 누가 막을 수 있겠습니까. 그래서 세월은 덧없는 것이라고 하는 것입니다. 한 번 지나가 버린 시간은 다시는 돌아오지 않습니다. 지금 이 순간이 매우 소중하고 귀하다는 것을 절대로 잊지 마시길 바랍니다.

겨울비

겨울비 내리는 불영산사
삼층석탑 외로이 밤은 깊어 가는데
먼 산에서 들려오는 목탁새 소리
비에 젖은 산사의 도량을 깨우네.

밤새워 내린 겨울비는
불영지 얼음판 위로 떨어지고
빗소리 들으며 또 날은 저무는데
선원의 불빛만 마음 도량 밝히네.

산은 늘 푸르고 물은 늘 흐른다.

―

겨울비가 하염없이 밤을 새워 내리고 지금도 이어지고 있습니다. 온 산천 대지가 많이도 가물어, 오늘의 겨울비는 천금과도 같은 감로비입니다. 자연의 거대하고 섬세한 흐름에 다시 한번 감사의 마음을 가져 봅니다.

겨울비는 고요하고 한적한 산사에 운치를 더하고 불영지에 떨어지는 빗방울은 마치 보석처럼 빛을 발합니다. 천축선원 대중 스님들은 끊임없는 정진을 이어 가고 법당의 독경 소리는 자연과 화음을 이루고 있습니다. 이번 겨울비로 사람들 마음의 번뇌가 씻어지기를 그리고 희망과 꿈이 이루어지기를 간절한 마음으로 기원합니다.

인생길

오죽 대나무 숲 사이로
겨울새 한가롭게 노닐고
천축산 금강송 숲 아래에
청풍납자 한가로이 정진하네.

—

오늘 새벽달은 서쪽 능선 부처바위 쪽으로 넘어가고, 후원에서는 새벽부터 메주를 쑤느라 가마솥에서 콩 삶는 연기가 오릅니다. 천축선원 선방에서는 스님들이 면벽좌선 정진하고 법당에서는 금강경 독송 소리 은은하게 울리는, 참으로 고요하고 평화로운 새벽 산사의 풍경입니다.

오늘은 한가로운 주말입니다. 자신의 인생길을 한번 면밀히 돌아보는 시간을 갖길 바랍니다. 그리고 자신의 최고 진실한 삶이 무엇인지도 한번 고민해 보십시오. 자신의 인생이 남들보다 조금 부족하다고 답답해할 필요가 없고, 남들의 삶을 내 삶과 엉뚱하게 비교해서 불안해할 이유도 없습니다. 내 삶은 오롯이 나의 삶으로 가치 있고 소중한 것입니다.

진면목

산사에 눈이 내려
도량 곳곳에 쌓이네.
천축산 숲 나뭇가지에도
금강송 잎에도 오죽 잎에도.

문득 새소리에 깨었네.
처처에 새 우는 소리
지난 밤 쉬지 않고 내린 눈으로
온 도량은 하얀 세상으로 변했다.

흰눈은 산천을 서늘하게 하고
솔바람은 뼛속까지 시리게 하네.
삼라만상에 진인眞人 아님이 없는데
이 밖에 또 무엇을 찾으리.

방안에는 차향이 가득하고
밖에는 새들이 노래하네.
마음자리 본래 진면목이여
산은 늘 푸르고 물은 늘 흐른다.

—

세상과 현실은 언제나 중립적이고 절대 평등합니다. 좋고 나쁜
것도 사실은 없습니다. 다만 스스로가 현실 속에 있으면서 좋
다고 나쁘다고 생각하고 판단할 뿐입니다. 그 생각과 판단을
놓아 버리면 저절로 평화가 찾아올 것입니다. 있는 그대로의
자신을 사랑해 보시길 바랍니다. 마음은 있는 그대로 열릴 것
입니다.

힘찬 발걸음

해 저물자 겨울 별빛 찾아들고
천축산 금강송 변함없이 우뚝한데
떨어진 낙엽들은 바람에 쓸려 가고
산골짜기의 물은 소리 없이 흐르네.

잎 떨어지고 나무는 앙상한데
겨울새는 머물 곳을 찾지 못하네.
번뇌 망상 무심하여 경계가 없고
진여 마음 성성하여 걸림이 없네.

—

내가 진정 해야 할 일은 지금 이 순간 나에게 관계된 모든 삶을 있는 그대로 진실하게 받아들이는 것입니다. 지금 이 순간 안에 여러분들의 온전한 삶이 존재하기 때문입니다. 근심과 걱정, 내일의 모든 상념에서 벗어나고자 한다면 지금 이 순간에 집중 몰입해 보시길 바랍니다. 마음의 평화와 고요함을 반드시 느끼게 될 것입니다.

오늘도 힘찬 발걸음으로 하루를 멋지게 시작해 보시길 바랍니다. 늘 설레는 처음 마음으로. 늘 시작하는 사랑하는 마음으로.

마무리하는 시간

겨울 나무 사이로
아침 햇살 비추니

대웅전 앞 무영탑
불영지에 어리고

천년고찰 사적비
당당하게 서 있네.

산나무 가지 위의
목탁새 노래하고

동지 엄동설한에
안거하는 스님들

겨울도 깊어 가고
정진도 깊어 가네.

—

동짓날이 며칠 남지 않았습니다. 동지는 이십사절기 가운데 스물두 번째의 절기로 일 년 중 밤이 가장 길고 낮이 가장 짧은 날입니다. 그리고 다사다난했던 한 해를 마무리하는 시간이기도 합니다.

올 한 해를 잘 마무리하고 새로운 한 해를 맞이하기 위해 불영사에서는 동지법회 및 송년법회를 봉행합니다. 따뜻한 팥죽 먹으며 한 해를 참회하는 마음으로 잘 보내고, 큰 꿈과 큰 희망으로 새해를 맞이하는 동지법회에 동참하시길 희망합니다.

보현보살 십대원

동짓날 긴긴 밤은 점점 깊어 가고
법석이 끝난 산사에 겨울비 내리는데
청향헌 뜨락에 낙숫물 떨어지고
방 안에는 청차 향이 가득하네.

—

밤이 가장 길다는 동짓날 밤, 어둠이 길게 내린 산사에 조용히 겨울비가 내리고 있습니다. 수행자로서의 내 삶에 지극히 감사하고 법 속에서의 수행이 얼마나 다행하고 고마운 일인지 여러분들께 감사한 마음을 전하고 싶습니다.

옛 어른들께서는 큰 행사를 치르고 난 후 비나 눈이 내리면 소원이 성취된다는 말씀을 하곤 하셨습니다. 저도 이번 동지법회에 동참해 주신 한 분 한 분의 소원이 모두 이루어지길 발원하면서 보현보살의 십대원을 옮겨 봅니다.

1. 모든 부처님께 예배하고 공경함이요

2. 부처님을 우러러 찬탄함이요

3. 널리 공양함이요

4. 스스로의 업장을 참회함이요

5. 남의 공덕을 따라 기뻐함이요

6. 설법하여 주기를 청함이요

7. 부처님께서 이 세상에 오래 머물기를 청함이요

8. 항상 부처님을 따라 배움이요

9. 항상 중생들을 수순함이요

10. 모두 다 회향함이니라.

인과의 가르침

일체 만법은 그 자체가
본래 고요하고 텅 비어 실체가 없으며
본래 공하고 본래 없는 것을 우리들은 있다고,
영원하다고, 착각하며 살아가고 있다.

슬픔도 기쁨도 본래 없는 것인데
슬픔이 나타나면 슬픔에 취하고
기쁨이 나타나면 기쁨에 취해서
본래 맑고 깨끗한 자신의 마음 성품을 보지 못한다.

일체 모든 것은 신기루와 같은 것
모였다 흩어지고 흩어지면 다시 모여
결국은 흔적도 없는 것을,
그 허망한 것을 내 것으로 삼는다.

그 결과 본래 없는 것을 내 것이라고
서로 미워하고 원망하며
가족끼리 이웃끼리 서로 빼앗고 싸우며
끝없는 저 늪으로 깊숙이 빠진다.

만법의 진실을 알아 비우고 놓을 때
비로소 깨달음은 찾아온다.
비가 오면 오는 대로 바람이 불면 부는 대로
일체 모든 것은 허상인 것을.

산은 늘 푸르고 물은 늘 흐른다.

—

우리들은 살아가면서 여러 가지 고뇌를 만납니다. 세상사는
하루도 또는 잠시도 조용한 날이 없습니다. 자신의 통찰력 부
족으로 매 순간 내 주변에서 무슨 일이 어떻게 일어나고 있는
지 알지 못합니다. 알려고도 하지 않습니다. 무슨 일이 벌어져
도 자기는 잘못이 없고 모두 남의 탓으로 돌리고 맙니다. 이제
부터라도 일체는 다 내가 짓고 내가 받는다는 부처님의 인과
법칙의 가르침을 새기는 시간을 가져 보면 좋겠습니다.

마음 청정

오늘도 새 아침을
맞이할 수 있어서
축복과 감사함이
환희로 이어지고

오늘 지금 이 순간
숨을 쉬고 있음에
자비로운 지혜로
법희가 충만하네.

나와 세상과 중생
이 셋은 한몸이니
함께 사는 사람은
모두가 주인이네.

"만약에 사람들이 정토를 얻고자 한다면 마땅히 그 마음을 청정하게 할지니 그 마음이 청정해짐을 따라서 불국토가 청정해지니라." 『유마경』에서는 이렇게 밝히고 있습니다.

지금 현재 내 마음이 청정하면 몸도 따라서 청정해지고 내가 사는 집안도 청정해진다는 뜻입니다. 마음이 건강하고 행복하면 몸도 세상도 건강하고 행복해집니다.

소한

쓸쓸한 소한에 겨울비 내리고
매화나무 꽃망울에 빗방울 맺히니
새들의 울음이 꽃가지에 오르고
물오른 매화 가지마다 봄이 왔네.

—

어제는 소한小寒이었습니다. 소한은 이십사절기 중에 스물세 번째로, 한겨울 추위 가운데 혹독하기로 유명합니다. 어제는 종일 비가 내렸습니다. 칠 일간의 용맹정진이 끝난 후라 스님들이 휴식하는 시간으로 고요하고 조용해서 무척 좋았습니다. 스님들이 용맹하게 정진한 힘으로 국민 한 사람 한 사람이 평온하고 행복하길 그리고 세계 평화가 이뤄지길 발원해 봅니다. 삼라만상의 모든 현상세계는 매 순간 쉼 없이 변화함으로 아름답기 그지없습니다. 내가 살아가는 현실 또한 아름답습니다. 다만 좋다거나 나쁘다거나 괴롭다거나 또는 외롭다는 생각과 판단만 존재할 뿐입니다.

일념

하늘은 텅 비어 끝없이 푸르고
도량은 청정하여 티끌 한 점도 없네.
산새들은 잠들어 산 또한 고요하고
계곡 물소리는 산 밖으로 쉼 없이 흐르네.

—

지금 현재 일념一念에 몰입함으로 오늘보다 더 나은 내일을 기대할 수 있습니다. 이는 내 삶의 가치를 더욱 높이는 일이기도 합니다. 왜냐하면 오늘이 없는 내일은 존재하지 않기 때문입니다.

일상에서 우리를 가장 힘들게 하는 것은 우리 밖에서 일어나는 일들이 아닙니다. 여러분들 마음 안에서 일어나는 온갖 생각과 망상들입니다. 나 자신이 쓸데없이 근심하고 걱정하고 불안해하고 초조해함으로써 고통이 일어나는 것은 아닐까요? 걱정 근심 대신 지금 일어나는 긍정적인 좋은 생각에 집중해가시길 그리고 감사한 생각을 마음 가득 채우시길 바랍니다.

새해 아침

천축산 능선에 해 그림자 지니
도량엔 잔잔한 바람이 일어 선잠 든 노송을 깨우네.
어스름 달 비추는 영지 위로 밤은 깊어 가고
눈 덮인 선불장選佛場엔 청풍납자들이 자리를 지키네.

옴도 없고 감도 없으니
옴이 없는데 감이 또한 있겠는가.
안도 밖도 중간에도 머묾이 없네.
오직 신령스러운 영롱한 빛이 있어
온 우주를 두루 밝게 비추네.

—

새해가 밝았습니다. 불영사는 새해 첫날 아침에 떡국 만발공양萬鉢供養을 했습니다. 수천 명의 사람들이 와서 불영사 부처님께 새해 인사드리고 새해 소원을 발원하였습니다. 여러분들도 밝고 기쁜 마음으로 한 해를 열어 가시길 바랍니다.

그리고 편안하고 따뜻하고 즐거운 마음으로 자신을 바라보고 세상을 바라보시길 바랍니다. 시간에 쫓기는 것보다 천천히, 빨리 성취하는 것보다 느리게 가는 것이 인생의 아름다움 아닐까요? 저는 여러분들을 진심으로 위로하고 응원합니다. 새해에는 더 큰 의지와 용기로 세상의 주인이 되기를 발원합니다.

행복과 불행

지난밤 바람에 먹구름 쓸려 가더니
밝은 빛 투명한 달이 허공에 떴네.
삼라만상의 그림자 불영지에 드리우고
수행자의 옷자락 불영지에 잠겨 있네.

달빛은 새벽녘에 더욱 빛나고
금강송 숲의 달 그림자 더욱 선명하네.
천축선원 뜨락은 고요함에 잠기고
납자들은 달빛과 더불어 하나가 되네.

—

언제나 행복은 내 안에서만 존재합니다. 나를 떠나서는 행복
도 불행도 존재하지 않습니다. 자신의 인생이 행복하다고 또
는 감사하다고 진정으로 생각을 일으키고 마음으로 새긴다면
저 가슴 깊은 곳에서 우러나오는 기쁨을 느끼게 될 것입니다.
내 삶에 축복과 환희 그리고 감사를 보내 보시길 바랍니다.

성도전야

천 겁 동안 텅 비어 살아 있는 도량에 산은 늘 푸르고
천축산을 감싸고 도는 불영사 계곡에 물은 늘 흐르네.
천 년을 지켜 온 금강송과 나무들이 우뚝한데
그 가운데 천축선원 선불장이 있어
선납들이 모여 면벽 좌선하며 일체 모든 번뇌 내려놓네.

세상에 그 누가 천 겁 이전의 소식을 알려고 하는가.
달은 지고 또 뜨지만 정겨운 새는 오지 않고
찬바람만 때때로 선불장 문을 두드리네.
산은 늘 푸르고 물은 늘 흐른다.

—

성도전야입니다. 부처님께서는 마음을 깨달으시고 생명 있는 모든 존재들에게 선언하셨습니다. 마음이 있는 존재들은 누구나 반드시 성불할 수 있다고 말입니다.

여러분들의 본래 마음은 이미 깨끗하고 청정합니다. 마음이 청정하면 몸이 청정하고 몸이 청정하면 우리가 사는 이곳이 청정해집니다. 몸과 마음이 청정하고 진정 행복하시길 축원합니다.

행복의 순간

먼 산에 물안개 하얗게 피어오르고
엄동설한에 눈 아닌 비가 내리네.
빗줄기는 청향헌 오죽 잎에 흘러내리고
그 물방울은 흩어져 꽃잎 되어 날리네.

—

이 엄동설한에 눈이 아닌 비가 하염없이 내리고 있습니다. 마치 만물을 깨어나게 하는 봄비처럼 말입니다. 청향헌 뜨락에 빗물이 떨어지고 청매화, 홍매화의 꽃망울은 물기를 잔뜩 머금고 있어 금방이라도 꽃이 필 것만 같습니다. 뿌리 깊은 나무는 바람에 흔들리지 않지만, 수행하는 사람은 가끔 자연의 변화를 보며 설레기도 합니다.

지금 방 안에는 차향이 그윽하고 청향헌 밖에는 비가 조용히 내리고 있습니다. 선원 스님들은 열심히 정진하고 있습니다. 저는 지금 참 행복합니다. 행복은 이와 같이 멀리 있는 것이 아니라 지금 행복하다고 느끼는 순간, 소리 없이 찾아듭니다. 자연 또한 우리에게 행복해지는 비결을 매 순간 가르쳐 주고 있습니다.

아름다운 풍광

봄이면 온 도량에
매화꽃 만발하고
가을이면 나무 잎새마다
오색단풍 눈부시네.

여름엔 청량한 바람 불어
청풍납자 정진 돕고
겨울이면 눈 내리는 산사
적막하기 그지없네.

—

새벽부터 내린 하얀 눈으로 불영사의 전경이 아름답습니다. 어제가 음력 12월 보름이라 산사에 뜬 보름달도 장관입니다. 무척이나 희고 밝고 깨끗합니다. 이 또한 아름다운 풍광입니다. 그러나 여러분들이 계시지 않는다면 이 아름다운 풍광이 무슨 의미가 있겠습니까?

여러분들과 아침 편지로 소통하는 이 순간이 저에게는 가장 아름답고 행복한 시간입니다. 다시 한 번 감사의 마음을 전하고 싶습니다. 오늘도 여러분 매 순간 건강하시고 매 순간 행복하시길 마음 다해 축원합니다.

지극한 자비

청아한 새소리
온 불영 도량에
울려 퍼지고
높고 낮은 산
골짜기마다
물안개 피어오르네.

청향헌에 고요히 앉아
매화 띄운
작설차 한 잔에
마음은 어느새
환희로움으로
온 도량에 가득하네.

—

오늘 아침 새소리는 무척 맑고 청아합니다. 저는 산에 살면서 산을 사랑하고 산에 사는 생명과 숲을 진실로 사랑합니다. 그리고 감사한 마음으로 자연을 지키며 보호하고 있습니다.

자신의 생각에 생명력을 불어넣는 것은 감정입니다. 감정은 욕구며 욕구는 바로 사랑입니다. 사랑이 가득한 마음에는 어떠한 불행도 생기지 않습니다. 절대 평등한 사랑을 베푸는 것이 자신에게도 상대에게도 큰 도움이 됩니다.

자비무적慈悲無敵이란 말이 있습니다. '지극한 자비에는 적이 없다.'라는 뜻입니다. 오늘도 깊은 사랑과 자비심으로, 만나는 모든 사람들에게 절대 평등한 사랑을 베풀어 보시길 바랍니다. 그리고 자연에게 끊임없는 사랑을 나누어 주시길. 자연은 매 순간 우리에게 크나큰 선물을 보내고 있습니다.

내가 원하는 삶

산천은 순수하고 바람은 청정하며
사원은 고요하고 스님은 침묵하네.

진리를 아는 사람 결코 말하지 않고
말을 하는 사람은 진리 알지 못하네.

선원 안 죽비 소리 듣고 보는 그 마음
오늘 하루를 보고 그 보는 나를 보네.

—

우리 모두는 자신이 아는 것보다 훨씬 더 큰 능력과 가능성이 내 안에 있음을 알아야 합니다. 내가 생각한 대로 원하는 대로 반드시 이루어진다는 사실도 믿어야 합니다. 왜냐하면 사람과 환경과 사건을 움직이게 하는 힘이 자신의 내면에 존재하기 때문입니다.

세상을 움직이고 자신을 움직이는 힘은 결코 어떠한 신이나 외부에 있지 않습니다. 바로 자신의 마음 안에 있음을 인지하시고 굳건한 의지와 인내심을 갖고 노력하시길 바랍니다. 오늘 하루 내 인생이 어떻게 되기를 바라는지 바르게 생각하여, 매 순간순간 최선을 다하여 자신이 원하는 삶을 창조해 가십시오.

유토피아

보름달 외로이 천축 봉우리에 걸리고
불영 부처님의 그림자 영지에 비치네.

선불장 스님들의 청정한 마음이여
허공에 뜬 보름달과 마주하고 앉아 있네.

—

사람들은 이곳에 살면서 이상향인 유토피아Utopia를 꿈꿉니다. 이상향의 기준은 마음에 달려 있습니다. 지금 여러분들의 마음이 슬픔으로 가득 차 있다면 바로 슬픈 세상이 만들어지고, 반대로 즐거움과 환희함으로 가득 차 있다면 바로 환희의 세계가 만들어질 것입니다. 이와 같이 유토피아는 내 마음 안에 존재하는 것이지, 내 마음 밖에 따로 존재하지 않습니다. 우리가 말한 이상향의 기준은 인간들이 정한 수치에 불과하기 때문입니다. 오늘도 진정 유토피아를 꿈꾼다면, 지금 이 순간 내 마음이 어디를 향해 있는지를 잘 살펴보시기 바랍니다.

지금 이 순간

새벽에는 별빛이
쏟아져 내리고
저녁에는 노을이
붉게 물드네.

천축산 찬 바람에
종소리 울려 퍼지고
선불장 뜨락에는
선기禪氣가 깊어 가네.

—

지금 이 순간이 지나면 이 시간은 다시 돌아오지 않습니다. 과
거도 아니고 미래도 아닌, 현재에 집중하여 지금을 사는 멋진
나날 보내시기를.

5부

이만하면 족하지

무슨 근심 걱정 또 있으랴

이만하면 족하지

진정한 인내

천축선원 선불장 죽비 소리에
번뇌 망상에서 깨어나고
밤하늘에는 별을 수놓고
낮에는 붉은 해가 솟아 있네.

아침에는 흰죽 한 발우
사시에는 밥 한 발우
오후에는 불식하며 정진하네.
납자들의 살림살이 이만하면 족하지
무슨 근심 걱정 또 있으랴.

믿음과 희망은 성공을 이루고 의지와 용기는 힘을 얻게 합니다. 마음이 밝으면 세상이 바뀌고 기쁨이 가득하면 운명이 열립니다. 감사와 긍정은 행복을 얻게 하고 배려와 양보는 화합을 이루게 합니다. 좋은 생각은 좋은 현실을 만들어 내고 나쁜 생각은 나쁜 현실을 만들어 냅니다. 진정한 인내는 영원한 즐거움을 만들고 하심은 사람들의 공경을 얻게 합니다. 밝은 소원은 반드시 밝게 이루어지고 나쁜 소원은 반드시 나쁘게 이루어집니다. 오늘도 힘찬 하루 이어 가시길.

진여자성

신령하고 신령한 마음 구슬이여,
우주를 감싸고 온 법계에 두루하네.
잠이 오면 잠을 자고
목이 마르면 물을 마시네.

헤아릴 수 없는 진여자성이여,
평등하고 또 평등하도다.
차별 없는 도리를 알지 못해
무한한 중생이 업을 짓는구나.

진여자성眞如自性이란 눈앞에 나타나 있는 현재의 마음 현상입니다. 별도의 특별한 물건이 아닙니다. 특별한 곳에서 진여자성을 찾으려고 하면 끝내 찾지 못합니다. 다만 마음을 깨끗이 하고 고요히 하면 바로 지금 당신의 눈앞에서 진리는 보일 것입니다.

중국 조주선사와 학인의 대화입니다.
"저는 빈손으로 왔습니다."
"그렇다면 놓아 버려라."
"아무것도 갖고 오지 않았는데 무엇을 놓으라는 말씀입니까?"
"그렇다면 너는 갖고 있는 게로구나."
"그러면 방장스님의 가풍은 어떠합니까?"
"나는 안으로는 가진 것이 없고 밖으로는 구할 것이 없다."

일체의 모든 집착과 고집을 버리고 오로지 자신의 순수한 마음자리를 바로 보라는 가르침입니다. 이 세상의 주인은 당신입니다. 평상심으로 매 순간순간 주인의 삶 이어 가기를 기원합니다.

아침 햇살

찬란한 아침 햇살 세상을 밝히고
법의 진리는 어리석음을 밝히네.
텅 빈 겨울 산 가득 쌓인 낙엽들
바람 불어 낙엽은 흩어지고
물은 절 밖으로 한가히 흐르네.

—

아침 햇살이 불영 도량을 찬란하게 비추고 있습니다. 그렇게 세차게 불던 며칠 동안의 바람도 이제는 조용히 물러난 듯합니다. 저는 어제와 또 다른 오늘 아침을 맞이할 수 있어 무한히 감사한 마음으로 아침 마음편지를 쓰고 있습니다.

삶이란 무엇인지, 어떻게 사는 삶이 가장 아름다운 삶인지. 생명을 가진 모든 존재는 누구나 행복할 권리가 있는데도 늘 불안과 초조, 긴장과 고통 속에서 하루도 편안하게 살지 못하고 있는 것 같아 안타까울 따름입니다. 고통은 무명과 무지에서 비롯되는 것입니다. 무명과 무지의 원인을 알면 우리는 누구나 행복할 수 있으며 살아가는 매 순간이 즐거울 수 있습니다.

인생에 있어서 희망과 꿈은 여러분들 손에 달려 있습니다. 무엇이 있어서 좋고 무엇이 없어서 슬픈 것이 아닌 인생의 참의 미를 한번 돌아보는 시간이 되었으면 합니다. 지금 이 순간에 집중 몰입하여 일체 모든 현재 상황을 기쁨의 마음으로, 긍정적인 생각으로 받아들이시길 부탁드립니다.

지극한 공양

고요한 산사에 머물러
오고 감이 자유로우니
천하가 태평하고,
모든 번뇌 내려놓고
오로지 수행 정진하니
부족함 없이 만족하네.

흘러가는 세월
막을 수 없으니
저절로 흐르고,
흘러가는 계곡물
막을 수 없으니
세월 따라 물 또한
자연히 흘러가네.

—

여러분들의 지극한 정성과 공양으로 한가롭고 고요한 불영사에서 스님들이 정진에 몰입하고 있습니다. 후원 대중 스님들도 맡은 바 소임에 최선을 다하며 정진하고 있습니다.

설날이 며칠 남지 않았습니다. 새해를 맞아 걱정도 많고 어려움도 많으리라 생각됩니다. 그러나 이 또한 지나갈 것임을 저는 잘 알고 있습니다. 지금 현재에 최선을 다하며 시련을 잘 이겨 내어야 합니다.

모든 이치는 만나면 헤어지고 헤어지면 반드시 만나게 되며, 생겨난 것은 없어지고 없어진 것은 반드시 생겨나게 됩니다. 오늘 하루만이라도 근심 걱정 내려놓고 다 잘될 것이라는 강력한 생각의 에너지를 자신의 마음에 심어 보기를 바랍니다.

나마스테

산사에 눈 내리니 천년바위 춤추고
허공이 부서져서 꽃비 되어 내리니

한 폭의 수묵화로 도량을 장엄하네.
사람은 말이 없고 산 또한 말이 없네.

눈꽃송이 피어나 눈물 되어 흐르고
스님들 면벽참선 쉼 없이 이어 가네.

—

아침 산사에 눈이 내려 도량은 더욱 고즈넉합니다. 산에는 목탁새가 여전히 노래하고 응진전에는 기도의 목탁 소리가 하루 여덟 시간 끊이지 않고 있습니다. 선원에서는 스님들 정진이 이어지고 후원에서는 각자 맡은 소임에 여념이 없습니다.

곧 설날입니다. 이 성스러운 설 명절을 청정하고 정갈하게, 정성을 다해 맞이하기를 부탁드립니다. 하루하루는 지나가지만 순간순간에 최선을 다해 집중하는 것은 우리들 각자의 몫이기 때문입니다.

'나마스테.' 오늘도 내 안의 마음이 당신 안의 마음에 경배를 올립니다. 당신을 사랑하고 존경합니다. 항상 나와 함께 하는 모든 사람들을 예경하고 칭찬하고 공양하고 수희 찬탄하는 하루 이어 가시길 기원합니다.

서로 축복하며

여명이 밝아 오는 새해 설날 아침,
겨울 새들이 지나는 고요한 천축산 아래
소나무 가지 사이로 붉은 태양이 솟아오른다.
천 년이 넘는 법의 향은 도량 곳곳에 스며 있고
부처님 그림자는 불영지에 잠기어
가고 오는 사람들을 자비심으로 반긴다.

—

오늘은 우리 고유의 설 명절, 축복의 날입니다. 가족들과 정성을 다해 차례를 지내고, 부모님과 집안 어른들과 이웃 어른들께 세배를 올리고, 한 해의 안녕을 기원하고, 서로 축복하며 세뱃돈을 주고받는 참으로 아름다운 날입니다. 이 아름다운 설 명절날, 저 심전일운도 부처님 전에 차와 향으로 예를 올립니다.

하루하루 매 순간 건강하고 행복하길, 가족 모두 무탈하고 평온하시길 축원합니다. 국가의 안전과 평화, 국민의 건강과 행복을 함께 발원합니다.

지금 행동

도道는 모양이 없고
마음도 형상 없네.
도와 마음은 둘 다
비어 차별이 없다.

선도 악도 본래는
존재하지 않는데
고통과 슬픔, 기쁨
어디에 있겠는가.

겨울이 지나가면
저절로 봄은 오고
산도 절로 푸르고
들도 절로 푸르다.

오늘이 있어 어제도 있었고 오늘이 존재하기에 내일도 반드시 존재합니다. 오늘이 존재하기에 내일도, 미래도, 십 년 후도, 백 년 후도 지금처럼 존재한다는 사실을 절대로 잊지 마시길 부탁드립니다. 왜냐하면 지금 이 순간에 진여불성眞如佛性인 여러분의 마음이 주인이 되어, 생각하고 말하고 행동한 것이 원인이 되어 미래의 내 인생을 만들어 내고 있기 때문입니다.

『대승기신론』에서는 "진여의 체體는 조금도 거짓이 없어 하나도 버릴 것이 없으니, 만법이 평등하여 차별이 없으므로 따로 세울 것도 없다."라고 밝히고 있습니다. 이와 같이 여러분들의 마음이 거짓 없이 만법을 만들어 내고 있기 때문에 여러분들의 지금 행동은 참으로 중요합니다. 내가 지은 그대로를 받기 때문에 우리가 사는 세상은 차별 없이 지극히 평등하다는 것입니다.

근본지혜

청정하고 진실한
마음을 깨달으면
보고 듣는 곳마다
밝고 맑아 빛나네.

당당한 마음 도道는
막힘도 걸림도 없어
아침의 햇살처럼
어두움 밝혀 주네.

자기 자신 믿으면
자유로움을 얻고
자신 믿지 않으면
고통은 끝이 없네.

—

제자들이 보우스님께 여쭈었다.

"마음이 곧 부처라 하지만 마음도 부처도 형상이 없는 것은 진정 허공과 같아서 보고 들어서는 미칠 수 없는 것인데, 어찌하여 교리 가운데 '도를 본다', '부처를 본다'는 말이 있습니까?"

보우대사가 대답했다.

"근본지혜로 분명히 보면 그 본다는 것은 임시로 붙인 말이니 그것은 눈으로 볼 수 없는 것이요, 오직 깨달아야 알 수 있는 것이다."

이와 같이 누구에게나 마음이 존재하고 그 마음을 깨달으면 바로 부처가 될 수 있음을 천명하셨습니다. 자신의 마음이 일어나면 갖가지 현상이 일어나고, 마음이 일어나지 아니 하면 모든 현상은 사라집니다. 그래서 마음을 떠나서 따로이 법이 없다는 것입니다. 모두가 이 한 마음이 세상의 주인임을 굳게 믿을 때 비로소 자유로움을 얻게 됩니다.

세월

찬란한 아침 햇살이 잔설을 비추니
온 도량은 봄의 환희에서 깨어나고
겨울 바람 천축산에서 조용히 이니
푸른 금강송들이 서로 화답하네.

—

새해의 시작이 어제와 같았는데 벌써 한 달이 지났습니다. 세월이 빠르게도 흘러갑니다. 본래 시간은 가는 것도 오는 것도 아니라고 합니다. 너무 세월과 시간을 탓하다 보면 오늘, 지금 해야 할 일을 하지 못할까 염려됩니다. 늘 지금 이 순간에 집중해 가시길 당부드립니다. 그래야 시간이나 세월에 얽매이지 않게 되고, 후회하지 않는 하루하루를 살게 되기 때문입니다. 오늘도 지극히 감사한 마음으로 기쁨이 충만하고 자비행을 실천하는 하루 이어 가시길 기원합니다.

마음 다스리기

봄산은 스스로 푸르고
물은 절로 흐르는데
온종일 선불장에 앉아
텅 빈 마음 마주하고 있네.

꽃은 피고 지나
언제나 말이 없고
바람은 가지 끝에 머무나
언제나 자취가 없네.

—

마음을 떠나서는 육체도 나도 존재하지 않으며, 세상도 종교도 존재하지 않습니다. 매 순간 일어나는 마음을 잘 다스리는 것은 자신만이 할 수 있습니다. 마음이 모든 만물의 근본이며 내 육체의 주인이기 때문에 그러합니다. 내가 지금 이 순간 마음을 활짝 열고 웃으면 몸도 따라서 웃고 내 주변도 따라서 웃게 됩니다. 내가 웃어야 내 몸도 건강해지고 내 가족과 내 이웃도 건강해짐을 항상 기억하시길 바랍니다.

생각이 현실

금강송 숲은 봄이 되자 한결 고요하고
온갖 살아 있는 생명은 그 숲에서 편하게 노니네.
밤이 되니 흐르는 물은 더욱 조용하고
텅 빈 산 안에 수행하는 스님들 또한 한가롭네.

생각이 바로 현실입니다. 지금 일어나는 생각을 다스리지 않아 내 인생을 고통으로 만드는 것보다 어리석은 일은 없을 것입니다. 꽃이 피면 반드시 지고 진 꽃은 다시 피듯, 해가 지면 달이 뜨고 낮이 가면 밤이 옵니다. 만나면 헤어지고 헤어지면 또다시 인연에 의해 만난다는 사실을 그리고 태어나면 반드시 죽는다는 사실을 기억하시기 바랍니다.

이 몸은 인연에 의해 죽고 사라지지만, 그 마음은 절대로 변하거나 죽지 않는다는 사실도 반드시 기억하시길 바랍니다. 그 변하지 않는 진리를 바로 알아야 우리는 행복한 마음으로 매 순간을 살아갈 수 있습니다. 지금 기뻐하고 지금 행복하시길.

변하지 않는 마음

사람마다 성품은
본래부터 착하니
착하지 아니하면
고통은 끝이 없네.

착한 일로 복 오고
악한 일로 화 온다.
세상사 이슬 같고
욕심 분노 독이니

정직하고 진실한
삶이 기쁨을 주네.
세상은 태평하고
사회는 평화롭다.

—

사람들은 자신에게 좋은 일이 있을 때 행복해합니다. 좋은 음악을 들을 때, 좋은 영화를 볼 때, 또 좋은 음식을 먹을 때 즐거워하고 행복해합니다. 이러한 것들이 멈추면 자신의 기분에 따라 우울해하고 불행해하기도 합니다.

그래서 지금 자신의 삶에 만족하고 변하지 않는 마음에 집중하는 수행을 함으로써 음악을 들을 때나 듣지 아니 할 때나 상관없이 매 순간 즐거움과 기쁨을 유지할 수 있습니다. 진정한 기쁨은 스스로의 삶에 만족했을 때 그리고 변하지 않는 마음에 매 순간 집중 몰입해 갈 때 생겨나기 때문입니다.

선택

금강송 숲 사이로
아침 햇살 비치고
산 숲에서 새들은
하루를 시작하네.

새들은 노래하고
스님은 정진하고
봄 가지에 잎 피고
버들가지 움트네.

계곡물은 흐르고
도량은 한가롭네.
내면 속의 평화는
행복으로 이끈다.

—

여러분들이 오늘 내린 결정은 여러분들의 선택입니다. 내가 내린 결정에 한 치의 망설임도 없어야 합니다. 자신의 올바른 선택을 믿고 행동하는 것이 자신의 삶을 더욱 이롭게 합니다. 언제나 편안하고 기쁨이 넘치는 걸음으로, 어느 곳에서 무슨 일을 하더라도 친절과 겸손을 잃지 않는다면 그 사람은 행복한 삶을 살고 있는 것입니다. 사회적인 쟁취와 경쟁을 추구하기보다 자기 본연의 정체성과 내면에 집중하는 소박한 삶이 더 큰 행복으로 이끄는 게 아닌가 생각합니다.

인정

내면의 밝은 마음
진리의 자리이니
바깥으로 구하면
절대 얻지 못하네.

보고 듣는 주인이
내 본래 마음이니
마음이 평정하면
주변도 평화롭고

마음이 즐거우면
자신도 행복하네.
평화로운 자신이
태평성대 이룬다.

—

우리는 늘 다른 누군가에게 사랑받고 인정받기를 원합니다.
그러나 스스로가 상대를 사랑하고 나 자신을 인정하는 것이
중요합니다. 진정한 행복과 사랑은 자신의 내면에서 떠나 있
지 않습니다. 내가 먼저 상대를 사랑하고 인정하는 행위가 나
를 더욱 행복하게 만드는 것임을 잊지 마십시오.

평화

겨울 가니 봄 되고
봄이 오니 꽃 피네.
위대한 자연 속에
대지는 순환하고

산의 숲 의지하여
뭇 생명이 자라고
대지를 의지하여
곡식들이 자라네.

삼라만상의 세계
우리들이 사는 곳
아름답고 진실한
사람의 정토라네.

—

우리가 사는 세상이 전쟁과 질병과 기근이 없는 평화로운 세상이기를 간절한 마음으로 발원합니다. 생명 존재들이 이 국토를 의지하여 고통 없이 평화롭고 행복한 삶을 살아가기를 간절한 마음으로 발원합니다. 봄이 되면 화사하게 꽃 피고 산에는 새들이 자유롭게 노니는 그러한 아름다운 세상이기를, 그리고 그 속에 사는 지구촌 사람들이 평화롭고 번영하기를 간절한 마음으로 발원합니다.

마음 성품

따뜻한 바람 부니
봄 향이 가득하고
먹구름이 걷히니
태양이 드러나네.

쓸데없는 망상도
놓으면 비어지고
사람들의 고통도
한순간 지나가네.

무엇이든 비우면
무한히 한가롭고
욕심 놓지 못하면
고통은 끝이 없네.

―

"사람의 출신 성분을 보지 말고, 그 사람의 행위로 평가하라. 불이 장작에서 생겨나는 것처럼, 아무리 천한 출신일지라도 진리에 대한 믿음과 부끄러움을 안다면 그는 매우 고귀한 사람이다."라고 『숫타니파타』에서는 밝히고 있습니다.

사람마다 가지고 있는 마음 성품은 절대 평등합니다. 다만 사람마다 행위에 따라 차별이 있을 뿐입니다. 착한 행위를 하는 사람은 모든 사람들에게 이익을 줄 것입니다. 그러나 나쁜 행위를 하는 사람은 다른 사람들에게 불행과 고통을 주고 자기 자신도 큰 고통을 받게 될 것입니다. 지금 이 순간 악은 그치고 착한 행위로 다른 사람들에게도 이롭고 자신에게도 이로운 그러한 나날을 만들어 가길 바랍니다.

알아차림

마음은 경계 따라
경계는 마음 따라
본래가 하나이니
둘이 될 수가 없네.

물이 흐르는 곳에
산 있고 절이 있어
절이 있는 산에는
스님이 정진하네.

스님이 있는 곳에
불법이 존재하고
나 있고 너 있으니
안락한 정토라네.

—

우리들이 가지고 있는 본래 마음은 오롯이 순수하고 완전한 상태입니다. 그 어떠한 경계를 만나더라도 흔들림 없이, 흐트러짐 없이 깨어 있는 상태를 유지할 수 있는 것은 일상에서의 명상 수행 덕분입니다. 마음의 본래 상태는 이미 완전하고 온전하기 때문에 일상에서 알아차림의 명상 수행을 통해 언제나 그 자리에서 자신의 순수한 마음을 발견할 수 있습니다.

먹구름이 해를 가리더라도 해가 영원히 없어진 것은 아닌 것과 같습니다. 먹구름이 바람에 의해 사라지면 해는 저절로 드러나는 것처럼, 여러분들 또한 번뇌 망상에 의해 본래 자신의 마음자리를 보지 못하고 있을 뿐이라는 것을 잊지 마시길 바랍니다. 일상에서의 명상 수행을 통해 지금 여러분들이 생각하는 그 마음보다 더 크고 순수한 마음의 상태가 있다는 것을 반드시 발견하게 될 것입니다.

깨달음

맑고 텅 빈 고요한 불영산사에
지난밤 두견새 찾아와 슬피 울고
나의 벗 목탁새 도량을 깨워 주는데
삼층석탑의 그림자는 보이지 않네.

봄이 와 있지만 봄은 봄을 알지 못하고
산에 피고 지는 꽃들만 서로 화답하네.
계곡의 물은 쉼 없이 흐르는데
물은 아예 그 소리를 듣지 못하고 있네.

깨달음이란 특별한 그 무엇이 아닙니다. 어느 날 문득 새소리 물소리에 마음이 열리고, 꽃이 피고 지는 것을 보면서 서로에 게 마음을 전하는 것입니다. 바람이 불어 꽃잎 떨어지는 것을 보고도 인생무상을 깨달을 수 있어, 보고 듣는 삼라만상의 현 상이 진리 아닌 것이 없다고 옛 스님들은 말씀하십니다.

깨달음은 수행으로도 얻어지는 것이지만, 중요한 것은 자신의 본성을 살피는 것이기에 누구나 일상에서 마음을 열면 깨달 음을 얻을 수 있습니다. 이 세상의 주인은 당신이기 때문에 가 능한 것입니다.

본래 마음

선원 동편에 아침 해 떠오르니
장야의 긴 어둠 일시에 사라지고
선불장에 앉아 공안 화두 드니
무명의 긴 번뇌 일시에 소멸하네.
돌이켜 보면 본래 텅 빈 청정한 마음자리인 것을.
어젯밤에는 하늘에 별들이 쏟아져 내리더니
오늘 아침에는 또 하나의 붉은 해가 솟아 있네.

—

여러분들의 지고지순한 본래 마음이 몸의 주인이며 인생의 주인이며 이 세상의 주인입니다. 마음이 나쁜 생각을 일으키면 괴로워하고, 좋은 생각을 일으키면 즐거워합니다. 그로 인해 병이 나기도 하고 고통을 만들기도 합니다. 그러나 그 마음이 몸을 치료하고 병을 낫게도 합니다. 왜냐하면 내 몸의 근원은 마음이기 때문입니다. 매 순간 일어나는 마음을 잘 성찰하여 긍정적인 마음으로 자신의 몸과 마음을 다스려 가기를 바랍니다.

만물의 이치

잠자던 생명들이
하나둘 깨어나고
낙엽 지고 겨울 지나니
어느새 봄이 눈앞에 펼쳐지네.

사람들 마음과 경계
서로 다르지 않고
삼라만상 또한 모두
자기 자리에서 제 역할을 하네.

산도 나도 자연도 만상도
다 여기 이러히 존재하는데
그 어떠한 물건이
따로이 있으랴.

봄이 되니 매화 향
청향헌 뜰 앞에 가득하고
산은 저절로 푸르고
물은 저절로 흐르네.

—

바른 것이란, 치우치지 않고 삿되지 않아서 천지만물의 이치
를 갖추지 않은 것이 없고 신령하고 어둡지 않아 순수하고 청
정한 것입니다. 하늘의 마음도 땅의 마음도 다 여기서 나왔으
니 사람의 본체가 천지의 본체이며 인심人心이 바로 천지의 마
음입니다.

흐름대로

찬바람에 잎 지고
봄빛 완연한데
산에는 진달래꽃
산사엔 산수유꽃

밭엔 겨울초 채소
땅엔 원추리나물
마음밭 깊은 곳에
진기보배 숨었네.

마음밭이 푸르니
넉넉한 살림살이
본질만 얻는다면
생사에 자유롭네.

—

일상에서 그 어떠한 것에도 집착하지 말아야 합니다. 집착은 수많은 고통을 낳기 때문입니다. 본성의 흐름대로 자연스럽게 노력하며 살아간다면 고통은 소멸되지 않을까 생각합니다.

인간은 겨울을 견디는 나무인 것 같지만 연약한 나뭇잎이기도 합니다. 고통은 반드시 지나가고 아름다움과 행복은 언제나 여러분들 마음 안에 남게 됩니다. 그러니 제발 지나간 것에 대해 혹은 잃어버린 것에 대해 집착하지 말아야 합니다. 왜냐하면 지나간 시간은 되돌릴 수 없고, 쓸데없는 집착으로 지금 가지고 있는 것마저 잃어버릴 수 있기 때문입니다. 지금 현재 자신의 삶에 집중해야 하는 절절한 이유입니다.

일상 수행

푸른 산 푸른 하늘
산사의 푸른 전각
스님이 수행하는
깊은 천축산 자락

맑은 불영사 계곡
산 따라 물 흐르고
물 따라 산자락에
자리한 천년고찰

천 년이 지나가고
앞으로의 천 년이
오늘이 있었기에
이같이 존재하네.

일상에서의 수행은 여러분들 자신을 위한 것입니다. 내일 일을 알지 못하면서 살아가는 우리 모두의 인생은 그 자체로 참으로 무상無常하다고 하겠습니다. 그 무상한 인생을 보다 가치 있고 값지게 사는 것은 모든 살아 있는 사람들의 염원일 것입니다.

항상 "고통은 반드시 지나간다. 아름다움은 남는 것이다. 밝은 생각은 나를 밝게 하고 어두운 생각은 나를 어둡게 한다. 선한 행위로 나를 돌보고 이웃을 돌보는 마음을 내자. 진실한 삶이 나를 행복하게 한다."라는 생각으로 스스로를 다스리며 하루하루 최선을 다하시길 바랍니다.